Comme des images

CLÉMENTINE BEAUVAIS

Comme des images

ÉDITIONS
SARBACANE
Depuis 2003

DU MÊME AUTEUR

– *La pouilleuse* (Sarbacane, 2011)

Bande-son

- SERGE GAINSBOURG & JANE BIRKIN, *Comic Strip*
- BRIGITTE BARDOT, *Moi je joue*
- FRANÇOISE HARDY, *L'amitié*
- KEREN ANN, *All The Beautiful Girls*
- CARLA BRUNI, *Le plus beau du quartier*
- BLONDIE, *Heart Of Glass*
- JEAN FERRAT, *Les yeux d'Elsa*
- KEREN ANN, *Seventeen*
- FRANÇOISE HARDY, *Ma jeunesse fout le camp*
- MUSE, *Soldier's Poem*
- LOU DOILLON, *ICU*
- CHARLOTTE GAINSBOURG, *All The Songs That We Sing*
- JANE BIRKIN, *Di doo dah*
- NANCY SINATRA, *Bang Bang*
- SIMON & GARFUNKEL, *Sounds Of Silence*
- SOPHIE TUCKER, *Some Of These Days*

Mais voici tout à coup que je lève la tête :
quelqu'un était là et m'a vu.

Jean-Paul Sartre.

I.

Il y a un corps dans la cour du lycée Henri-IV.

II.

Le lycée Henri-IV est perché tout en haut de la montagne Sainte-Geneviève, juste derrière le Panthéon, qui fait une ombre grise le matin à la tour Clovis. La tour Clovis a un visage d'évêque revêche, chapeauté d'un petit toit marron triangulaire. Elle dépasse du lycée et rivalise avec le pic de l'église Saint-Étienne-du-Mont, en face. Le reste du lycée est couleur sable et ressemble à l'abbaye qu'il était avant de devenir un lycée.

Il y a plusieurs cours : la cour Musset, la cour du Méridien, la cour Descartes, et puis l'enclos bien carré de la cour du Cloître.

C'est dans cette cour-là qu'il y a, maintenant, un corps inerte comme une sculpture, qui dans l'éclatement de sa chute a éclaboussé de graviers blancs le couloir carrelé qu'abrite le cloître.

Je contemple ce corps, d'abord, avec l'intérêt poli que l'on réserve aux statues excentriques des artistes contemporains, car il faut du temps pour que la vérité chemine jusqu'à moi à travers cette installation spectaculaire.

Sans titre 1 (Corps cassé).

Rien ne m'atteint, tout est surface. C'est que je ne m'attendais pas à ce que cela se finisse comme ça, m'expliquera-t-on plus tard, donc je suis en état de choc : quelque chose en moi bloque l'accès au réel.

On vient envelopper ce corps d'un grand Ziploc doré dont les écailles envoient à la ronde de brefs hurlements de lumière. Bien au chaud dans sa robe couleur de soleil, ce corps est soulevé par deux hommes forts, et je quitte la cour du Cloître à leur suite. J'ai le droit de monter dans le carrosse, qui à chaque carrefour scinde les groupes de piétons grâce au long et efficace criaillement de sa sirène.

À présent j'attends, en pensant à ce qui s'est passé ce jour-ci et tous ceux d'avant.

III.

À l'origine, ça a commencé quand Léopoldine a cassé avec Timothée pour Aurélien ; le truc tout bête. Ils étaient ensemble depuis la quatrième, et même si quelque part on sait tous que ça ne dure pas toute la vie quand ça commence si tôt, tout le monde était un peu en deuil le jour d'après la rupture, lorsqu'on a vu une Léo princière prendre son plateau à la cantine et s'installer avec Iseult et moi, et le pauvre Tim à une autre table qui mâchait son pain en regardant ailleurs, les yeux et le nez rosis par une très longue nuit de chagrin. Aurélien n'a pas mangé à la cantine ce jour-là, il est allé prendre un kebab rue Mouffetard, par respect.

Moi, j'étais soulagée, vu que ça faisait deux semaines que Léo venait chez moi tous les soirs, s'affalait sur mon lit, *tous les soirs*, et clamait qu'elle ne savait pas quoi faire, qu'elle ne savait même pas si Aurélien était *intéressé*, que Tim était *juste* le plus *adorable* de tous les garçons du monde et qu'elle ne pouvait pas lui faire ça, qu'elle se détesterait pour le restant de ses jours – mais qu'en même temps, ce qu'elle ressentait pour Aurélien, c'était *juste incroyable*, etc. Au bout d'une semaine, j'avais arrêté de lui dire que ça allait s'arranger. Au bout de deux semaines, je lui avais dit qu'il fallait qu'elle casse.

Iseult lui a dit la même chose : Écoute, franchement, casse. Donc Léo a cassé. Non pas qu'elle écoute plus les conseils d'Iseult que les miens, mais Iseult a l'avantage de lui renvoyer son image alors que moi, non ; ça joue forcément sur l'indice de confiance.

Léo et Iseult sont jumelles. Jumelles monozygotes, c'est-à-dire du même œuf. Elles se ressemblent comme les proverbiales gouttes d'eau. C'est très pratique car elles n'ont pas besoin de miroir pour essayer des fringues : l'une demande juste à l'autre de les mettre pour voir, et ensuite elles se les échangent sur demande avec magnanimité. Elles sont belles comme jumelles, elles ont un air de famille avec les grandes filles tout ensoleillées des pages mode du Monde Magazine – comtesses de Comptoir des Cotonniers, candides en Zadig & Voltaire, sac Longchamp au coude et ballerines Repetto aux pieds, fines et un peu osseuses, tout en plicatures.

Il y a quand même des différences. Iseult agrémente son style d'un carton à dessins vert à mouchetures noires qui renferme des portraits et des paysages charbonneux, aussi sombres que doit être toute création en ces temps postmodernes. Quant à Léo, jusqu'au cassage, elle ne sortait jamais sans pendre à son bras le sculptural Tim et ses polos aux manches remontées à mi-biceps. Maintenant qu'elle l'a remplacé par Aurélien, les gens se retournent sur leur passage ; ils sont assez mal assortis.

Je me souviens, le soir du cassage, alors que Léo était occupée à doucher nos épaules de larmes en engloutissant toute ma boîte de Thé Bruns, Iseult lui a dit qu'elle avait bien fait, elle lui a répété mille et une fois : « T'as eu raison de casser, t'as eu raison ; casser, c'était la seule solution ».

C'est ce qu'on appelle de l'ironie tragique. On ne savait pas, à ce moment-là, qu'il y aurait quelqu'un d'autre dans cette histoire qui serait *véritablement* cassé, cassé comme ces petits oiseaux qui volent tout droit dans les fenêtres.

À ce moment-là, on ne voyait pas la vitre ; juste le monde entier au-delà, par transparence.

De mon côté, j'étais soulagée pour Léo, mais aussi soulagée pour moi-même, parce que j'allais pouvoir reprendre le travail normalement. Notre lycée ne rigole pas avec le travail. La seconde, c'est un goulot d'étranglement. Tout le monde ne passe pas en première S, il y en a qui redoublent, il y en a qui se font expulser, et sans passer en S tu ne peux pas passer en prépa scientifique, et sans prépa scientifique tu peux faire une croix sur le reste de ta vie.

Il y avait bien Iseult qui disait par idéalisme que ce n'est pas la mort d'aller en L, et même ensuite aux Beaux-Arts ; qu'il existe une vie en-dehors des matrices et des nombres imaginaires. Je me permets d'en douter, maintenant. On voit où ça mène, ce genre de raisonnement.

Cette histoire n'aurait pas pu arriver à un plus mauvais moment. C'était le deuxième trimestre, on se jaugeait les uns les autres. Chaque contrôle de maths et de physique était désormais rendu classé, de la meilleure note à la pire. Les profs faisaient durer le supplice, jouissaient de leurs dix minutes de puissance :

– Quatrième, avec quatorze sur vingt… Frédéric… oui, mais lequel ? Suspense…

Et Frédéric Buisson et Frédéric Genovese, tendus comme des ressorts, ancraient leur regard dans celui, narquois, du prof de maths, qui détenait la réponse en lui comme un sésame.

Oh, pas seulement le résultat du contrôle, mais ce que cela prophétisait de notre vie d'après. Derrière chacun d'entre nous sur le bord de sa chaise se tenait une famille qui agrafait des espoirs et des exigences depuis sa naissance à ses photos de classe et qui répétait Mais oui, ma fille est en seconde à Henri-IV, elle va être chirurgienne, polytechnicienne, astrophysicienne, agrégée de mathématiques.

Ça, c'est pour situer.

IV.

La première fois que j'ai vu Aurélien, je l'ai trouvé franchement laid. La deuxième fois aussi.

· Nous tous, on se connaissait du collège, mais Aurélien a débarqué au lycée avec le nouvel arrivage. Avant il était en province, en Picardie ou je ne sais où. Mais il fait quand même parisien, peut-être parce que ses parents sont tous les deux universitaires à la Sorbonne. ·

Pendant les heures de trou, Aurélien était souvent assis au CDI au coin d'une lourde table, dans un rectangle de lumière poussiéreuse qui tombait des grandes fenêtres. Il avait l'air timide, intelligent et moche comme une pieuvre. Il compulsait d'épais opus et prenait des notes sur des fiches cartonnées de toutes les couleurs, qu'il rangeait dans un classeur en plastique. Ou alors il faisait des exercices de maths, l'air concentré derrière ses lunettes-loupe. Léo et moi, on s'asseyait à quelques tables parce qu'on voulait discuter par petits mots interposés, tout en bossant.

C'est d'ailleurs au CDI qu'elle m'avait révélé pour la première fois qu'elle en pinçait pour l'intello binoclard, même qu'elle était complètement stressée vis-à-vis de Tim, parce que, voilà, elle parlait parfois avec Aurélien sur Facebook chat, et bon attention ils ne disaient rien de mal ou d'ambigu, mais quand même, par rapport à Tim ça se faisait pas, quoi, et puis en plus, le truc c'est qu'elle avait peur que ça dégénère…

J'en avais perdu mon latin – littéralement : mon *Gaffiot* m'était tombé des mains. Bye-bye, Virgile. Hello, Lexomil.

— Comment ça ? j'avais balbutié. *Lui* ? Tu le trouves intéressant, lui ? Tu le trouves beau ?

— Plus que beau, avait soupiré Léo. Tu peux pas comprendre.

— Non, je peux pas. Autant Tim, il a des muscles, il est grand. Il a un visage symétrique. Mais *lui* ?

Léo s'était esclaffée :

— Tu parles des mecs comme tu parlerais d'un triangle ! Ça n'a rien à voir, c'est mystérieux. Dès que je l'ai vu, je l'ai trouvé attirant.

— En effet, c'est mystérieux.

— Arrête. Qu'est-ce que je dois faire ?

— Te faire soigner.

Ma première réaction avait donc été de l'engueuler, comme si c'était une faute de tomber amoureuse d'un mec pas ordinairement beau. Et c'est vrai que j'ai mis un moment à m'en remettre, parce que tant que ses bluettes avaient été du domaine du compréhensible, tant que je pouvais voir tous les signes de *beauté objective* de Tim – ses pectoraux qui s'activaient sous ses polos, sa fossette qui s'ouvrait sur sa joue gauche, ses dents blanches au millimétrage impeccable post-appareil dentaire –, je me disais que tout restait logique. Il y avait une raison banale pour que Léo aime ce mec-là.

Mais Aurélien ? *Aurélien ?* Si elle le trouvait beau, c'était forcément pour une raison pas banale, pas logique, pas claire, et c'était donc la plus grande menace du monde ! Qu'est-ce qu'il lui passait la tête, pourquoi lui, pourquoi maintenant ? Mystère. J'aurais voulu qu'il disparaisse dans la poussière de son sale petit rectangle de lumière, lui et ses lunettes et son inexplicable magnétisme animal.

Intérieurement, bien sûr. Parce qu'extérieurement, il fallait que je joue les juges impartiaux avec Léo et ses émois.

Et pendant deux semaines on s'est assises là, à épier Aurélien dans sa lumière. Léo soupirait comme une nouille, disait qu'il avait un prénom *prédisposé*, un prénom à la Aragon. Elle adore Aragon, surtout depuis qu'elle a eu 18/20 en commentaire composé

du poème « Les Yeux d'Elsa », moi je n'avais rien compris à ce poème, je l'ai trouvé d'une épuisante niai-
serie, mais Léo a écrit un truc de fou sur l'un des vers,
« *le verre n'est jamais si bleu qu'à sa brisure* », et apparemment elle a réussi à percer la carapace de notre
terrifiante prof de français : une pluie de commentaires lyriques partout dans les marges, et elle s'est
tapé dix-huit – dix-huit ! Dix-huit chez nous, c'est
comme avoir vingt-cinq sur vingt dans la plupart des
autres bahuts. Les autres étaient jaloux comme des
chiens. Bref, Léo était dans un trip « Je serai l'Elsa
d'Aurélien », je la détestais vraiment à ce moment-
là, ça faisait comme des éclairs de colère à travers toute
mon angoisse et mon affection. Mais j'ai fait semblant que tout allait bien. Je me suis calmée car je
n'avais qu'une envie : que cette histoire se termine
vite, parce que ça me faisait baisser en maths et monter en tension.

Et au fond, au fond, j'étais contente ; parce que Tim
partait et Aurélien arrivait mais moi je restais, et ça
voulait bien dire ce que ça voulait dire : que tous ces
mecs étaient contingents et moi nécessaire.

Ça signifiait aussi, sans doute, que j'allais perdre un
peu d'intérêt aux yeux de Léo pendant les quelques
semaines délirantes du début, comme avec Tim,
quand elle serait shootée aux sécrétions d'endorphine
consécutives, paraît-il, au contact prolongé avec un

autre être humain pour lequel on ressent certain appel sexuel.

Mais de toute façon je savais qu'il y aurait Iseult pour assurer l'intérim pendant cette période ; et elle ferait parfaitement l'affaire.

V.

Tous les matins, je retrouve Léo en bas de la rue Souf-
flot, en face du McDo, et on escalade la montagne
ensemble pour aller au lycée. Iseult vient parfois avec
nous, quand elle commence à la même heure, et alors
je ne suis pas peu fière d'être encadrée de ces grandes
filles gracieuses comme des juments.

Ce matin-là, Léo est arrivée toute seule – et très
en retard, alors qu'elle habite à trente mètres et moi
à trente minutes. C'est la même chose tous les jours :
elle soigne ses entrées et ne sort que quand elle est
parfaitement prête, et il y a toujours un truc qui la
retient, comme la perte soudaine d'un chouchou ou
la torsion inopinée d'une barrette.

Elle avait visiblement très envie de partager les der-
nières nouvelles de sa vie sentimentale, plus ou moins
centrées dans cette phase-là autour du dépucelage

imminent d'Aurélien par sa personne. Car Aurélien, par chance, s'était révélé être amoureux d'elle – ou par nécessité, car qui ne le serait pas ? – et donc ils étaient *ensemble* à présent, ça faisait déjà deux ou trois semaines, mais hors de question de se donner la main, de s'asseoir à côté, de se mettre en couple officiellement sur Facebook. C'était discret, c'était plein de tact envers ce pauvre Tim. C'était aussi un genre de pied-de-nez au reste du lycée, qui, frustré, savait sans *voir*.

Léo était la toute première copine d'Aurélien. Il n'en revenait pas. En Picardie, il n'y avait personne qui s'intéressait à lui, et tout à coup il était le grand gagnant-surprise de l'Euromillions de l'amour. Il n'en revenait pas de la chance qu'il avait, il s'était chopé un tic, il enlevait et remettait ses lunettes toutes les trois secondes, comme pour s'émerveiller toujours que le flou du monde se resolidifiât à chaque fois en la personne de Léo.

On gravissait la montagne Sainte-Geneviève, on papotait. Moi, pour donner la réplique à Léo :

– Et sinon, il sait que tu couchais avec Tim ?

– Bien sûr. Tu crois qu'il croit qu'on a fait quoi, pendant deux ans ?

– Vous allez le faire bientôt ?

– Oh ! On prend ça lentement. Il l'a jamais fait. Mais bon…

Elle regardait les immeubles tout blancs de soleil, un sourire accroché aux yeux.

– Mais bon quoi ?

– Mais bon, hier, je suis allée chez lui...

– Et alors ?

– Et alors, ben, ses parents étaient pas là, donc...

– Donc quoi ?

Une petite manie qu'elle a, c'est de remettre son sac en place en haussant l'épaule droite.

– Donc, ben, on a passé, genre, trois heures sur son canapé, tu vois.

– Donc il s'est passé quelque chose de concret ?

– Non, non, rien. Mais il avait perdu sa chemise et moi mon pull, on va dire.

J'ai sifflé entre mes dents pour agrémenter mon propos d'un soupçon de désapprobation :

– Pfiou, Léo ! T'as envie de passer pour une nympho ou quoi ? Ça fait même pas un mois que vous êtes ensemble.

– Qu'est-ce que j'en ai à foutre ? C'est pas un crime. Et puis tout le monde fait ça. Enfin, sauf toi.

J'ai ignoré la pique.

– Oui, mais bon, ça fait à peine un mois et demi qu'on le connaît. Tu te sens en confiance ?

Elle a hoché la tête :

– Il est comme Tim, il ne ferait pas de mal à une mouche.

Et puis elle s'est assombrie un instant et j'ai respecté
sa seconde de silence, car malgré le nouvel amour
accompagné de ses excitants objectifs de dépucelage,
elle repensait souvent à Tim décomposé par la douleur
et l'incompréhension, le soir où elle lui avait annoncé
qu'elle le quittait ; ce moment terrible où il avait pro-
noncé son nom avec un point d'interrogation au bout,
« Léo ? » comme pour questionner l'existence de cette
nouvelle Léo, inimaginable, qui ne l'aimait plus.

Pour tout le monde, Léo, c'était un modèle, une fille
sensible, gentille, sage, rangée ; jamais elle n'avait fait
autant de peine à quelqu'un comme ça auparavant, et
c'était vraiment incommode parce qu'elle en faisait
même des cauchemars. Elle les partageait avec moi
d'ailleurs, merci bien, elle m'appelait à minuit ou une
heure du matin, en larmes, réveillée par un rêve qui
lui faisait revivre la scène. Je ne sais pas comment elle
s'arrangeait pour caser autant de cauchemars en une
semaine. Je ne sais pas non plus comment elle s'arrangeait pour qu'ils soient aussi hyperréalistes. Les
miens sont peuplés de monstres, de sorcières et de
snipers, des trucs de gamin. Elle, c'est toujours des
scènes qui ressemblent à la vie, comme si son
inconscient n'avait aucun espace de liberté. À mon
avis, elle ne me dit pas tout, elle doit aussi faire des
rêves bizarres comme tout le monde, mais elle les
cache – elle en a peur, peut-être.

Bref, on bavardait, on bavardait, et au loin sur la montagne, derrière la coupole-meringue du Panthéon, la cloche du lycée sonnait déjà. On est arrivées avec dix bonnes minutes de retard, toutes pantelantes d'avoir marché très vite (mais sans courir, car ça ne se fait pas d'arriver en classe avec de fragrantes auréoles).

On a débarqué en cours de français. Il y avait écrit *fin'amor* au tableau noir et aussi *préciosité* ; et ensuite *libertinage* et *roman épistolaire*. Ce trimestre, on étudiait *La Princesse de Clèves* et *Les Liaisons dangereuses*. Il fallait établir des parallèles et relever des dissonances.

– Tiens, des retardataires ! a dit Madame Desmarec. Le début du cours n'est pas en option, vous savez ? Allez chercher un mot d'excuse chez le CPE ou vous n'entrez pas.

On a levé les yeux au ciel. Avant de refermer la porte, j'ai entrevu la classe silencieuse et immobile.

Très silencieuse, très immobile.

Beaucoup de regards accrochés à Léo – normal, *a priori*… mais pourtant non : pas les regards habituels. Beaucoup rivés aux livres, aux cahiers. Celui, brun terre, d'Annabelle, me fixait comme si j'étais morveuse. J'ai baissé la tête, je n'aime pas me sentir observée, surtout par cette fille-là.

On a retraversé la cour.

– C'est débile, c'est complètement débile ! babillait Léo. Non mais quel est l'intérêt ? On a déjà un quart d'heure de retard, on doit encore en perdre un autre pour aller chercher un mot qui dit qu'on a le droit d'être en retard d'un quart d'heure, et quand on reviendra ça fera une demi-heure…

– Bah, c'est déjà ça de moins sur les deux heures de cours.

Léo frissonnait dans son petit pull beige. Il faisait doux mais gris, le soleil s'était voilé de nuages. La cour Musset, petite et encaissée, était comme toujours plongée dans une pénombre fatigante.

On a toqué à la porte et on est entrées dans le bureau surchauffé du CPE. Derrière sa table recouverte de papiers, sur sa chaise qui couine au moindre mouvement, il soufflait sur son café. Son mug était jaune canari, ébréché, et proclamait : MEILLEUR PAPA DU MONDE.

Le CPE s'appelle René Richard, et il a la tête et l'âge de son nom.

– Bonjour monsieur. On est en retard, on vient chercher un mot.

Et là, il lève les yeux, aperçoit Léo, et je le vois vaciller.

Il ne dure pas longtemps, ce vacillement ; juste une fraction de seconde. C'est cet instant où le regard *devrait* s'accrocher aux yeux de l'autre et lui rendre

immédiatement son sourire, même poli, même sur-
fait, même blasé – la base de toute rencontre. Mais
là, soudain, quelque chose se brise. L'œil balbutie. Un
décalage s'installe, un retard, presque imperceptible ;
le sourire ne grimpe pas tout de suite, et le temps d'un
souffle le regard se grippe.

Tout de suite après, René Richard se reprend bien
sûr, il ancre son regard dans le nôtre comme il faut,
il sourit, mais c'est trop tard, il a vacillé.

Une fraction de seconde, et c'est le monde qui se fen-
dille.

(Enfin, le monde… disons, ce qu'on en voit).

Il a posé son mug sur la table et s'est mis à tapoter
le moniteur de son énorme ordinateur préhistorique
que l'Éducation Nationale se refuse à changer, même
au lycée Henri-IV.

– Bonjour, m'a-t-il dit. Bonjour, bonjour, a-t-il ajouté
à l'encontre de Léo, comme si elle avait besoin d'une
double dose de salutations. Mademoiselle Gauthier :
c'est *bien* que vous soyez venue en cours, malgré… malgré tout.

J'ai échangé un sourire d'incompréhension avec Léo.
Elle a remué la tête, sourcils en arcs-de-cercle :

– De quoi vous parlez ?

René Richard a ouvert des yeux ronds, et puis son
visage s'est fait grave. Il a regardé à droite puis à
gauche comme s'il cherchait de l'aide, mais à droite

il y avait seulement l'emploi du temps de toutes les classes, et à gauche les résultats du bac de l'année dernière avec le traditionnel *100* % surligné en rose, et donc René Richard avait l'air comiquement grotesque dans sa chaise qui couinait.

– Je vois, a-t-il lâché, je vois. Vous… Euh… Très bien. Vous ne savez pas ? D'accord. Très bien. Je… Vous avez une minute ?

Il a bafouillé comme ça un certain temps, et puis il a décroché un téléphone aux trous encrassés de cérumen pour appeler Leclerc, le proviseur.

– Monsieur Leclerc ? Oui, c'est René. Je suis avec Léopoldine Gauthier. Oui. Oui. Oui. *Oui*. Oui. Oui. Merci.

Il a raccroché. Il a griffonné un mot d'excuse et m'a expédiée d'un :

– Vous, vous pouvez retourner en cours.

Puis il a dit à Léopoldine :

– Mademoiselle Gauthier, le proviseur voudrait vous voir.

Elle m'a décrit plus tard le vacillement dans les yeux bleus du proviseur, quand elle est entrée dans son bureau.

LYCÉE HENRI IV

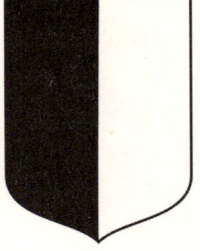

RÈGLEMENT INTÉRIEUR

21.4. Du bon usage de l'outil informatique

Il est rappelé aux élèves que l'outil informatique (ordinateur, 'tablette', 'téléphone intelligent', etc.) constitue un <u>moyen</u> d'acquisition du savoir et ne peut donc en aucun cas se substituer au savoir *per se*. L'outil informatique facilite l'accès aux connaissances mais <u>ne remplace pas l'exercice régulier de la mémoire</u> ni le <u>raisonnement personnel de chaque individu</u>. Tout 'copié-collé' ou toute paraphrase d'une source numérique dans un devoir sera considéré comme une faute grave [cf. 13.5, « Sanctions »].

Pour éviter toute isolation dans des 'tours d'ivoire' virtuelles, il est rappelé aux élèves que <u>la communication par outil informatique reste le parent pauvre de la communication orale et par lettre</u>. Les élèves sont encouragés à ne pas abuser des conversations par le biais de 'réseaux sociaux',

'SMS' et 'courriels', qui freinent l'échange constructif et amoindrissent l'attention portée au vocabulaire, à la grammaire et à l'orthographe.

En particulier, les élèves sont invités à limiter au maximum ce genre de communication au sein de l'établissement. L'usage de téléphones portables est strictement interdit en cours.

ADDENDUM du 12-04-20XX

<u>Il est formellement interdit à tout élève d'utiliser les listes d'adresses électroniques du lycée Henri-IV</u> (parents d'élèves, professeurs, autres élèves) sans autorisation expresse de la part d'une autorité compétente.

Tout usage abusif de ces listes fera l'objet d'une suspension de trois jours. Tout usage malveillant, en particulier dans le but de nuire à un camarade ('cyber-harcèlement') fera l'objet d'un passage en conseil de discipline.

Il est rappelé aux élèves qu'il n'existe guère de 'droit à l'oubli' sur Internet, et que les moteurs de recherche conservent durablement la trace des déclarations irréfléchies et/ou photographies douteuses qui pourraient gravement nuire à leurs aspirations futures. Réflexion et méfiance sont de mise !

VI.

Quand je pense que Léo avait tout fait pour ne pas se faire remarquer. Il y a un an, je me souviens, on en était encore à jouer les conspiratrices pour parler de sexe.

– Il faut absolument que je me fasse prescrire la pilule. Timothée en a trop marre des capotes.

– Pourquoi tu vas pas chez ta mère ?

– Parce que c'est ma mère.

– Tu crois qu'elle a pas l'habitude de prescrire la pilule à des filles de quinze ans ?

– *C'est ma mère.* On se fait pas prescrire la pilule par sa mère.

Le problème était aussi que sa mère, d'après elle, connaissait tous les gynécos de Paris – je ne sais pas trop ce qu'ils font quand ils se retrouvent au meeting annuel de la guilde des gynécos de Paris, peut-être une élection du bébé le plus moche ou du plus gros kyste au sein – mais en tout cas il avait absolument fallu que

Léo épluche le carnet d'adresses maternel pour s'assurer qu'il ne s'y trouvait pas le nom du gynéco qu'elle avait déniché dans l'annuaire d'Enghien-les-Bains.

On s'est donc retrouvées toutes les deux, un jour, dans le RER B direction Gare du Nord, et puis dans un train de banlieue plein de types chelou du genre racailles, pour aller sonner à la porte d'un pavillon où officiait un docteur grisonnant à lunettes rondes.

Dans son délire parano-narcissique, Léo lui a chuchoté :

– Je suis la fille du docteur Gauthier. Si vous rencontrez ma mère dans un congrès, vous ne lui direz pas que je suis venue vous voir, d'accord ?

Il a simplement répondu, en se grattant la tête :

– Qui ça ?

Je crois qu'on a un peu tous tendance à croire que tout le monde a entendu parler de nous.

Bref, il lui a prescrit la pilule sans sourciller.

Et quelques jours après, un après-midi caniculaire sur les pelouses du jardin du Luxembourg, on suçait des Calippo dégoulinants, les jambes brûlantes, avec une Léo aux anges : C'est tellement mieux, tu ne peux pas t'imaginer, c'est tellement mieux *sans rien*, on sent beaucoup plus de choses et puis ça casse moins le rythme au départ.

Je ne pouvais pas m'imaginer, en effet, puisque rien de tout cela ne m'était arrivé et très franchement, en entendre parler ne m'en donnait pas plus envie. Ça ne se commande pas. Léo, ses Ray-Ban à montures violettes sur le nez, souriait au soleil qui l'aspergeait de taches de rousseur. On voyait ses côtes à travers son tee-shirt parme, sa cage thoracique petite et légère comme une corbeille en osier.

Je l'avais pour moi toute seule. Tim n'était pas là, il avait cours particulier de physique-chimie.

Iseult en revanche était avec nous, fondue dans le décor comme d'habitude. Elle nous dessinait sur une grande feuille de papier que le vent cornait par moments. Des gens passaient derrière elle pour regarder le dessin et avaient un petit mouvement de recul, comme s'ils avaient surpris dans la feuille d'Iseult quelque chose qu'ils n'étaient pas censés voir. Je me demandais vaguement pourquoi ; j'ai compris quand j'ai vu le dessin – elle nous avait dessinées à la façon du « Déjeuner sur l'Herbe » de Renoir, c'est-à-dire à poil, elle faisait des cours d'académie à l'époque. C'était hyper bien fait, j'ai dit bravo.

Elle a répondu :

– Vous posez très bien, toutes les deux.

Avec le recul, je ne sais pas si c'était un compliment.

VII.

Au tout début c'était Iseult, ma meilleure amie. On s'est rencontrées en sixième.

On était assises à côté le premier jour, et on ne s'est pas quittées des trois premières semaines. Trois semaines de vrais fous rires comme on peut en avoir à cet âge-là, à parler déjà nostalgiquement de l'école primaire, à partager des barres de chocolat blanc... Trois semaines aussi de petites notes échangées en classe avec parfois des gribouillis dessus – Iseult faisait déjà des dessins extrêmement ressemblants, des caricatures des élèves de la classe, ou parfois des cartoons innocemment cochons des profs en caleçon ou soutif-culotte. Elle les accumulait pour me faire rigoler, et ça marchait, j'en avais les côtes qui craquaient. Trois semaines de fiches à remplir (nom et matricule, matières favorites, livres favoris, quel métier voulez-vous faire plus tard, et surtout profession des parents s'il vous plaît, n'oubliez

pas la profession des parents, ça nous aidera à déci-
der si vous serez puissant ou misérable, un petit sol-
dat docile ou un emmerdeur).

Quand ils ramassaient ma fiche, les profs hochaient la
tête, ouf, fille d'instits, ça ira question notes, elle bossera
bien, les géniteurs nous soûleront juste un peu à la réu-
nion parents-profs. Ils étaient légèrement étonnés par mon
adresse, fronçaient les sourcils, comment elle a fait pour
être sectorisée ici, celle-là ? Mais Iseult et les autres s'en
foutaient, on ne connaît rien à ces histoires quand on a
onze ans, on est ami avec qui veut.

Ah, le début de la sixième : royaume de la tautologie,
de la lapalissade et de la vérité vraie décorée d'acronymes.
Vous êtes en sixième donc ce n'est plus l'école primaire
maintenant ! Dans quatre ans, le BEPC ! Dans six ans
le bac ! Dans sept ans la prépa ! Dans dix ans HEC,
l'ENS, l'ENA !

Ils ajoutaient : *N'oubliez pas : Hache-Quatre, c'est*
100 % de réussite au bac.

Je n'en avais rien à faire, à l'époque – ça ne me disait
rien, « le bac » et ses « épreuves », j'avais seulement appris
en géographie que « l'ubac » était le versant ombragé d'une
montagne, alors je me prenais à imaginer une sorte de
rite initiatique terrifiant conduit dans l'ombre de la montagne Sainte-Geneviève, sous le visage acariâtre de la tour
Clovis. Il y avait des épreuves de gladiateurs où on devait
dompter des monstres et leur couper la tête avec cette

fameuse « Hache Quatre 100 % de réussite » dont on entendait tant parler. À force je me mettais à y croire, ça me foutait les boules la nuit, j'en avais parfois des cauchemars, mais dès le matin je me rassurais – au moment de l'épreuve j'aurais dix-huit ans, je serais donc capable de manier toutes les Hache Quatre du monde.

J'ai dit ça à Iseult un jour de la deuxième semaine, elle s'est pliée de rire.

– Mais tu sais, s'est-elle reprise, le bac c'est sérieux, quand même. C'est grave. Ils t'ont pas dit, tes parents ? Il faut l'avoir avec mention très bien, sinon c'est possible de devenir clochard.

On dévalait la montagne pour rentrer du collège, on était tristes un peu pour les clochards qui n'avaient pas eu le bac avec mention très bien. Plus tard j'ai appris que la Hache Quatre, en fait, c'était juste un moyen de dire « Henri-IV » rapidement, et d'ailleurs ça s'écrivait « H-IV ». J'ai appris aussi qu'il y avait d'autres collèges et lycées dans le coin, qui avaient aussi des petits noms : « LLG », « Stan », « l'Alsacienne ». On ne les aimait pas, ceux-là. Ils étaient également à 100 % de réussite au bac, ou 99 % les mauvaises années.

Iseult avait été prévenue par ses parents très tôt :

– Il faut travailler beaucoup dès le collège, sinon on se fait renvoyer à la fin de la troisième et on ne passe pas en seconde ici. On n'ira pas tous au lycée à H-IV.

– Et alors on irait où, si on est renvoyés d'ici ?

– Où ils veulent bien nous prendre. Il y a des gens qui finissent à Montaigne, par exemple.

Je m'imaginais catapultée, vomie d'*H-IV* avec un petit baluchon. L'opprobre. Je ne verrais plus la grande tour au faciès atrabilaire tous les matins. Je *finirais à Montaigne*, un endroit que j'imaginais perché sur une autre Montagne et peuplé de gens Teigneux. Alors je redoublais d'efforts pour éviter ce sort malheureux.

Boostée par l'effroi, j'avais d'excellentes notes. La première fois que j'avais rencontré les parents d'Iseult, ils m'avaient assuré que c'était *la bonne attitude*. Ils avaient même grondé Iseult devant moi :

– Regarde ta petite copine, comme elle travaille pour réussir. Toi et ta sœur, vous avez des facilités naturelles, mais vous avez tendance à vous reposer sur vos lauriers… Surtout toi, Iseult.

Pendant ces trois premières semaines, pas de Léo : elle avait eu l'appendicite avec péritonite et complications la veille de la rentrée, et elle était restée à l'hôpital un certain temps. Je savais qu'elle existait, cette jumelle – Iseult me parlait d'elle souvent –, mais je ne passais pas beaucoup de temps à me la représenter, et quand je me prenais distraitement à le faire, je voyais simplement une copie d'Iseult immobile et froide, étendue dans un lit blanc d'hôpital, une Iseult sans appendice et sans sourire.

Donc c'était juste Iseult et moi, trois semaines d'Iseult et moi, à se retrouver joyeusement devant le collège Henri-IV chaque jour, à bavarder et à rire.

Jusqu'au matin où j'ai vu double.

– C'est elle, c'est elle ! a crié Iseult à la doublure en me montrant du doigt avec un grand sourire.

– Ah, OK, a répondu la doublure, m'accordant un demi-regard. Salut. Bon, on y va ?

Elle était plus maigre qu'Iseult à cause de la convalescence et semblait logée dans une solide coquille de parfum (*Anaïs Anaïs* : rayon d'action égal à trois sièges, devant, derrière et sur les côtés dans les salles de classe). Comme elle avait l'air très frêle, j'ai spontanément proposé :

– Tu veux que je te... que je te le porte ?

– Hein ?

– Je veux dire, ton sac. Tu veux que je te porte ton sac ?

Elle m'a dévisagée, cette fois, avec un sourcil au nord du front. Elle a dit :

– Ben non.

On a commencé à marcher, et puis elle s'est ravisée :

– Enfin, OK, si tu veux.

Elle m'a regardée avec beaucoup de curiosité et un tout petit peu de dégoût, j'étais ravie. J'ai donc porté son sac en plus du mien, j'avais l'air d'un clown pendant que, légère comme l'air, délestée de son sac en plus de son appendice, elle trottinait devant en parlant à Iseult.

★

– Ah, je vois que nous avons maintenant une deuxième mademoiselle Gauthier, a remarqué la prof de français. Iseult et Léopoldine... Vos parents ont l'air d'aimer les prénoms féminins à destinées tragiques !

Personne n'a tilté, vu qu'on avait le bagage culturel normal de gamins de onze-douze ans, et donc aucune idée de ce qu'elle racontait. La prof a ri toute seule de cette non-blague dont elle était l'unique auditoire, et puis elle a dit, en s'adressant aux jumelles qui étaient assises ensemble :

– Toutefois, on va vous séparer, mesdemoiselles : c'est malsain d'être tout le temps avec sa sœur, sans compter que je vais vous confondre tout le temps. Tiens, Iseult, tu n'as qu'à t'installer à côté de ta copine, là-bas.

Sauf qu'elle s'adressait à Léo et non pas à Iseult, et que c'est donc Léo qui a ramassé ses affaires pour venir s'affaler à côté de moi sur la chaise vide qu'Iseult avait occupée pendant trois semaines.

– Prenez vos cahiers, on va reprendre le cours de jeudi dernier.

– C'est quoi, le cours de jeudi dernier ? m'a demandé Léo.

Il fallait absolument que je l'aide vu comme elle
était en retard, alors j'ai recopié mes leçons dans son
cahier, et j'ai expliqué l'accord du participe passé, et
j'ai montré comment on ponctue la phrase « *Il faut
manger grand-mère* » pour que ça devienne « *Il faut
manger, grand-mère* » (elle a rigolé) et ensuite je lui
ai prêté une copie double, elle a promis qu'elle m'en
rendrait une demain, et ce fut la toute première d'un
tsunami de copies doubles prêtées et jamais rendues
demain, et c'est comme ça, dans une bulle d'*Anaïs
Anaïs* et entre les cliquètements des stylos, qu'a débuté
pour moi le règne sans conteste de Léo et l'éviction
progressive de sa souriante doublure, qui s'est vite
trouvé d'autres amies de toute façon, donc rien de
grave, rien de grave.

L'histoire de Léopoldine
et Iseult Gauthier et du loup

par Iseult Gauthier 8 ans 1/2
(CE2 de Madame Chantel)

Un jour 2 jumelles étaient nées, elles s'appelèrent Léopoldine et Iseult Gauthier. Elles se ressemblait comme 2 gouttes d'eau. Un jour elle se promenaient dans la forêt quand tout a coup!!! un loup à parut. Il voulu en manger une mais laquelle??
— Pas moi dit Léopoldine, je suis d'un gouts très amère!!!
— Pas moi dit Iseult, je suis d'un gouts très acide!!!
Alors le loup décida de croqué un bras de chaque jumelle pour voir si elle était vraiment comme elle disait! Mais a peine il morda le bras de Léopoldine qu'il tombat amoureux d'elle et lui dit pardon de vouloir avoir voulu la manger.

" Venez dans mon château dit le loup, je vous épouserais et je vous ferais reine des loups ".

Alors Léopoldine partit avec le loup et est devenu reine des loups, et eue beaucoup de petits bébés loups-humain. Iseult vit heureuse avec ses parents et ils vont rendre visite à Léopoldine au château des loups à chaque Noël.

Fin.

VIII.

Une semaine après *l'accident*, je suis là, dans le couloir de l'hôpital, pour la dixième fois, et je ne sens plus mes yeux ni mes narines. Tout a un goût de sel. Les parents de Léo sont là, Léo est là...

... et voilà Tim qui arrive.

Tim.

Tim est là dans le couloir de l'hôpital, avec son corps d'éphèbe et ses paupières de veau, son tee-shirt « MUSE AU STADE DE FRANCE » et ses Converse niquées. Il est apparemment très beau dans sa douleur, car deux gamines se retournent sur son passage et lui matent les fesses. Je pense, appréciatrice : Œdipe juste avant qu'il se crève les yeux. Mais elles doivent simplement trouver qu'il ressemble à un mec de tel ou tel boys band.

Qu'est-ce qu'il fout là ? Je n'en crois pas mes yeux ; les parents de Léo n'en croient pas leurs yeux.

Il s'effondre sur une chaise à côté de moi. Je ne sais pas pourquoi j'attire si souvent les confidences ; dans quatre-vingt-dix-neuf pour cent des cas, elles ne m'intéressent absolument pas. Mais les gens semblent trouver que j'ai l'air un confessionnal ambulant. Il tripote nerveusement son iPhone, dont l'écran, comme tout le monde, est étoilé d'une arachnéenne fissure. Il pleurniche pendant très longtemps de très longues explications qui n'arrangent rien et qui n'ont aucun rapport avec la situation, à part celui qu'il s'est construit dans sa tête.

— C'était pas moi, la vidéo était sur mon portable, je l'ai montrée à Zacharie et Quentin, c'est eux qui l'ont copiée et ensuite ils ont écrit l'email, je sais pas comment ils ont fait, ils ont dû me prendre mon portable pendant la nuit parce que j'avais dormi chez eux, on avait dû boire, ensuite le lendemain c'était trop tard mais je crois qu'ils se doutaient pas que ça allait finir comme ça, ils devaient penser qu'on pouvait contrôler la situation, mais c'était pas moi, c'est pas moi, franchement j'aurais jamais fait un truc comme ça…

Il est pitoyable ; j'ai envie de lui coller une gifle. Mais je suis épuisée, et en réalité ça ne sert à rien.

— Tu comprends, geint-il alors, c'était le seul moyen de regagner ma dignité.

Ce que je comprends alors : *on ne s'aime pas les uns les autres*. Ou du moins, pas souvent. On s'utilise pour des questions de *dignité* ; pour que l'image qu'on renvoie aux autres soit la même que celle qu'on a de nous-mêmes. Léo était la fierté de Tim tout comme Tim était celle de Léo ; quand Léo l'a laissé tomber, il l'a perdue elle, et donc sa fierté avec. Il n'était plus lui mais une chose ; plus une personne mais une image.

Voilà pourquoi il lui a fait ça, en vérité ; parce qu'il voulait qu'elle non plus ne soit plus elle mais une chose, plus une personne mais une image.

J'attends un moment avant de reprendre, puis je lui dis :

— Tu te crois vraiment au centre du monde, mon pauvre. Ça n'a jamais rien eu à voir avec toi.

IX.

J'ai laissé Léo partir chez le proviseur, j'ai laissé René Richard boire son mug de meilleur papa du monde et je suis retournée en cours avec mon mot d'excuse. Madame Desmarec venait d'écrire au tableau une citation de Choderlos de Laclos ; elle l'a lue à haute voix :

– « *L'homme jouit du bonheur qu'il ressent, et la femme de celui qu'elle procure.* » Quelqu'un peut me dire quelle est la figure de style utilisée ici ?

La classe baignait dans un silence liquide.

– Vous n'êtes pas réveillés, ce matin, a grogné la prof.

C'était un peu ça : un rêve moite qui ressemble encore un peu au réel avant que les monstres entrent dans l'arène.

– Ah, vous revoilà, vous ! a grincé Madame Desmarec en me voyant entrer. Et où est Léopoldine ?

– Le proviseur voulait lui parler.

– Ah bon. Allez vous asseoir et sortez votre livre.

Madame Desmarec, comme moi, ne *savait pas*. Elle n'avait pas dû allumer son écran avant d'arriver.

Je suis allée me poser à côté d'une petite rousse au profil de souris, Virginie, qui ne parle pas à grand monde et passe sa pause déjeuner au CDI, mais pas toujours pour travailler, parfois juste pour regarder par la fenêtre.

— J'ai raté quelque chose ? j'ai soufflé.

— Les figures de style, a-t-elle répondu.

— C'est tout ?

Elle a haussé les épaules. Derrière nous, le zonzonnement continu d'une conversation entre Tim et Zacharie. Et à l'autre bout de la classe, l'énigmatique Annabelle, dont je sentais le regard toujours ancré sur moi.

— Ben non… t'as raté autre chose.

— De quoi ?

— Mesdemoiselles ! Si vous avez quelque chose à dire, partagez-le avec tout le monde, a interrompu Madame Desmarec. Alors ? J'attends.

— J'étais en train de demander à Virginie ce que j'avais raté, ai-je expliqué.

Madame Desmarec est passée en mode prof sarcastique :

— La liste serait longue ! Mais on peut commencer avec votre dernier commentaire composé.

Personne n'a ri, alors que d'habitude tout le monde trouve ça marrant, quand quelqu'un se fait saquer.

– Anesthésiés ! Vous êtes *anesthésiés*, aujourd'hui ! a ronchonné Madame Desmarec. Vous vous souvenez que vous avez un devoir sur table ce samedi, de neuf heures à midi ? Je ne serai pas là pour vous tenir la main l'année prochaine, pour le bac français.

Elle a continué le cours mollement, un peu essayé de comprendre pourquoi personne n'avait la réponse à sa question, et finalement, après un coup d'œil à l'horloge, elle a soupiré qu'au moins il ne restait que cinq minutes de cours avant la sonnerie.

– Quand ça sera l'heure de la pause, vous ferez le tour de la cour à cloche-pied, ça vous stimulera les neurones. Et les ruminants, vous en profiterez pour jeter vos chewing-gums, n'est-ce pas, Dorian ? Vous vous prenez pour James Dean ?

J'ai écrit sur le coin de sa copie double, à l'adresse de Virginie : *J'ai raté quoi ?*

J'ai scruté son petit visage blanc comme un ventre de poisson, entre trois mèches orange échappées de son chignon. Indéchiffrable. Elle a écrit :

Tu sauras bientôt.

Cryptique. Derrière nous, Tim et Zacharie s'étaient tus. Je me suis retournée ; ils regardaient, par la fenêtre, la cour encore gris foncé à cette heure de la journée. Une cour que traversaient Monsieur Leclerc et l'infirmière, et Léo – qu'ils soutenaient par les coudes comme si elle était malade.

Elle était malade, en fait : elle s'est penchée et a vomi par terre, sur l'asphalte de la cour, sans aucun bruit ; ou du moins, la fenêtre étant fermée, aucun bruit perceptible. Comme dans un film muet, elle a ensuite hoqueté, roté silencieusement ; puis l'infirmière et Monsieur Leclerc, du vomi plein les chaussures, sont repartis avec elle, la bringuebalant comme une poupée. Ils ont disparu comme ils étaient arrivés.

Le visage de Virginie restait toujours hermétique.

Quand la cloche a sonné, elle est partie très vite et s'est posée sur un banc dehors comme un oiseau. Tim et Zacharie, apparemment, avaient décidé de rester en classe pendant la pause. Annabelle aussi, qui me dévisageait encore et toujours avec cette insistance oppressante. Madame Desmarec, assise sur le bureau, balançait ses grosses petites jambes dans le vide en parcourant distraitement des yeux *Les Liaisons dangereuses*.

Elle m'a alpaguée au passage :

– La prochaine fois que vous êtes en retard, je vous enlève trois points sur le dernier contrôle, c'est bien compris ?

J'ai dit oui madame et je suis sortie dans la cour.

– Quelqu'un sait où est Léo ? ai-je demandé à un cercle de personnes de ma classe.

Ils m'ont regardée comme des adultes regardent un enfant qui cherche son chat mort.

– Il y en a encore qui ne savent pas, a murmuré Chloé à personne en particulier.

Certains dans le petit groupe fixaient leurs pieds, d'autres le ciel, d'autres, moi. Certains avaient l'air narquois, d'autres paraissaient gênés, d'autres encore avaient les joues rouges – de honte ? d'excitation ?

– Qui ne savent pas quoi ? C'est quoi, le problème ?

– Toi, t'as pas lu tes emails, ce matin, a chantonné Chloé.

– Ce matin quand ?

– Vers huit heures.

– Non, je devais déjà être partie.

– Ben, jette un œil maintenant.

– J'ai pas mon iPhone, il est pété. Qu'est-ce qui se passe ?

Ils s'entreregardaient, j'en devenais furibonde. Gardant leur mystère, ils dansaient tous ensemble : ils se posaient sur un pied puis sur l'autre, ils levaient les sourcils, ils croisaient et décroisaient les bras. J'observais la chorégraphie sans en comprendre le sens. J'ai toujours détesté les groupes : ils excluent les gens, ils ont des codes, des secrets. Si seulement les autres me laissaient les lire ! Je rêve d'un peu de *transparence*. Je me suis exclamée :

– Putain, vous allez me dire ou quoi ?

Mais non, ils ne disaient pas, et la cloche a sonné à nouveau, la pause de neuf heures et demie ne dure que trois ou quatre minutes, le temps de changer de salle pour les uns et d'air pour les autres, et là, juste avant de rentrer en classe, alors que les couloirs aspiraient lentement les élèves, j'ai aperçu Iseult de l'autre côté de la cour, assise sur un pouf de feuilles mortes sans égards pour sa robe blanche, entre les arbres déplumés. Elle dessinait quelque chose sur son carton, qu'elle tenait calé entre ses longues jambes pliées.

C'était incongru, alors j'ai traversé la cour pour voir.

Derrière moi, la porte s'est refermée sur le cours de français qui reprenait.

– Hé, salut, tu fais quoi ?

Elle a sursauté – elle ne m'avait pas entendue arriver. Elle a attendu que je dise quelque chose, je n'ai rien dit car je ne *savais pas*, à l'époque, du coup elle a embrayé :

– Mon projet d'arts pla. J'ai arts pla dans une heure.

– C'est quoi comme projet ?

Elle m'a tendu un polycopié tout moche, rédigé dans une police d'écriture pas spécialement lisible, avec plein de fautes de frappe, un texte non justifié sur la droite et avec un interligne minuscule. Bref, le genre d'utilisation de Word dont seuls les profs ont le secret.

Projet Domus Omnibus Una

Le lycée Henri-IV est un lieu chargé d'histoire
et de culture depuis sa crétion en 1796. Il se tient
derrière le Panthéon dont la devise est « Aux grands
hommes la patrie reconnaissante ». Et en effet il a
été lui-même le décor de nombreux grands esprits
qui ont parcouru ses couloirs.
Projet d'arts plastiques de cette année : rendre
compte des grands esprits qui habitent toujours ce
lieux par le dessin ou la sculpture (ou le 'graphisme'
par outil informatique).
La devise du lycée est « Domus Omnibus Una », « une
maison pour tous ». Rendre compte de cette devise
(interprétation semi-libre) par la représentation
graphique. Suite à ce projet une exposition sera
organisée en juin ouverte aux élèves et parents
d'élèves du lycée Henri-IV au cours duquel un prix
sera remis à la meilleure représentation (livre d'art
embossé du sceau du lycée).

J'ai dit :
– J'ai rien compris.
Je lui ai rendu la feuille.
– Faut choisir un grand esprit lié à H-IV et le mettre
en situation, a expliqué Iseult. Enfin, je crois.
J'ai regardé son dessin, c'était une esquisse au
fusain de la cour, dure et carrée, avec une silhouette
blanchâtre au centre. J'ai demandé :
– C'est qui, ton grand esprit ?

– Descartes.

– Il était ici au lycée, Descartes ?

Elle a secoué la tête en continuant de dessiner une sorte de visage simiesque sur la page.

– Non, mais il est enterré sous la tour Clovis et il répand ses ondes positives de Raison et de Lumière sur nous tous pour nous rendre intelligents et efficaces, donc il est plus important que quiconque.

– Hmm. Il paraît que c'est une légende urbaine.

– On s'en fout, tant que les gens y croient. T'aurais choisi qui, toi ?

– Patrick Bruel, ça serait marrant. Tu savais que Patrick Bruel était élève ici ?

Elle a secoué la tête d'un air appréciateur :

– Non, je ne savais pas. Ils ne s'en vantent pas autant que de Sartre et d'Alain. C'est une bonne idée, ça les aurait bien fait chier. Tiens, regarde, maintenant, je fais tout fondre.

Elle a passé la main sur son dessin de haut en bas et le fusain a bavé, la cour n'était plus qu'un sombre affaissement. Elle avait la paume droite entièrement noire, comme celle d'un gorille. J'ai demandé :

– Mais pourquoi ?

– Descartes dit qu'un morceau de cire reste un morceau de cire quand il fond, donc le lycée Henri-IV reste *une maison pour tous* quand il se met à couler de partout.

– C'est joli mais un peu visqueux, ai-je jugé. Ça n'a pas déjà été fait, ce genre d'images ?

– T'es pas censée être en cours ?

– Si, mais je t'ai vue et je me suis demandé ce que tu fabriquais.

– Ah bon ? C'est gentil.

– Et puis j'ai vu que Léo était trimballée à l'infirmerie alors j'allais la voir. Tu sais ce qui lui arrive ?

Elle a arrêté de dessiner.

Elle a avalé sa salive, et elle a dit :

– Je me doutais que tu ne savais pas. Tu avais l'air de quelqu'un qui ne sait pas encore. Oui, tu…

– Qui ne sait pas encore quoi ? Qu'est-ce qui se passe ?

– Tout le monde a reçu un email ce matin.

– Tout le monde ?

– Les élèves, les parents, les profs, tout le monde.

J'ai ricané involontairement, parce que le monde est petit s'il se réduit à ces quatre cours et à cette tour à visage d'évêque.

– Bon, y avait quoi dans ce mail ?

– Avec un lien vers une vidéo.

– Une vidéo qui contient quoi, Iseult ?

Elle a recalé son carton à dessins sur ses genoux et elle a continué à étaler les traits au fusain qu'elle avait tracés. Je ne l'avais jamais vue aussi appliquée. Elle contrôlait chaque geste. Elle a répondu simplement :

– La honte. *La honte.*

X.

Imaginons.

Imaginons que deux jeunes gens très amoureux se voient tous les jours, viennent de passer des vacances ensemble, peuvent à peine se séparer pour une nuit depuis lors... et voilà qu'un jour la mère du jeune homme lui annonce cruellement qu'il part à New York pour trois semaines – rendre visite à un cousin. C'est l'été, les arbres fracassent la lumière du soleil sur le gravier du jardin du Luxembourg où des couples en blanc jouent au tennis à la pause déjeuner.

Nos jeunes gens ont quinze ans. Elle porte une toute petite robe à pois de chez Tara Jarmon ; lui un polo Lacoste, rose framboise. Trois semaines, c'est la fin du monde, surtout après tout ce temps passé ensemble ! Ils se promettent de s'appeler tous les jours, de se Skyper, de se Facebooker, de s'envoyer des cartes postales et des emails. Le jour du départ, ils sont tous les deux en pleurs ; quelque part, ils se savent très bêtes, car objectivement ce n'est que trois semaines, mais qui peut se permettre de juger les cœurs amoureux ? C'est la vie même qu'on leur confisque pendant trois semaines.

(Évidemment, ni Tim ni Léo ne savait à l'époque qu'elle rencontrerait Aurélien quelques mois plus tard avec les résultats qu'on sait. Mais ça n'a aucune importance pour cet épisode de l'histoire.)

Donc ils partent chacun de leur côté après une dernière embrassade à l'abribus du 38 sur le boulevard Saint-Michel, que dévalent des flopées d'étudiants bavards ; elle remonte les quatre étages qui mènent jusqu'à chez elle, insulte le chien qui l'accueille en jappant, s'effondre sur son lit en se répétant que c'est presque la fin du monde, mais avec un sourire au coin de sa conscience, parce qu'elle sait quand même que dans quelque temps elle repensera à ces turbulences avec tendresse et sans doute un peu de regret. En attendant, elle profite de son chagrin, le décrypte avec grandiloquence à sa sœur jumelle qui, indulgente, lui propose de regarder un film et puis de sortir se promener sur les quais de la Seine, dans la nuit d'été où le soleil s'éteint à peine.

Lui pour sa part atterrit aux États-Unis, et pendant quelques jours il profite de la nouveauté ; le *penthouse* de son cousin, les exclamations surexcitées des amies de son cousin, les balades à Central Park, les seaux de café chez Starbucks. Mais après cette petite parenthèse de tourisme, le spleen s'installe ; il envoie des textos à travers l'Atlantique, elle n'y répond que de longues heures plus tard, il apprend qu'elle est allée au cinéma avec F., dont justement il était sûr qu'il est *à fond sur elle*, elle se récrie que non et de toute façon il y avait aussi sa sœur et d'autres potes ; il n'est pas convaincu. Tout pétri d'amour et de tension, il l'implore de le rassurer – elle l'aime toujours ? elle pense à lui ? Et elle joue le jeu, lui garantit que oui, évidemment.

(Et d'ailleurs – j'étais là –, c'était sincère : elle était suspendue à son portable et ne parlait que de lui.)

Hélas, il semble que rien ne peut le convaincre, et ses textos et ses emails se font plus insistants : lui, il pense à elle *tout le temps* ; tous les soirs dans l'immense lit double qu'il occupe dans la chambre d'amis de son cousin, avec vue sur les gratte-ciels poinçonnés de lumière, il pense à leurs nuits parisiennes jusqu'à l'épuisement. Elle, romantique et un peu innocente, répond qu'elle aussi pense à tout ça, bien sûr. Oui, peut-être, rétorque-t-il avec une espèce de froideur désespérée ; mais lui, il y pense tellement qu'à chaque fois qu'il y pense il se masturbe.

Le mot la choque un peu ; elle est plutôt au stade où on peut *dire les choses* avec douceur et intensité sans recourir à des termes aussi crus. Mais plus elle se retranche dans un langage fleuri, tendre, plus il se délecte, avidement, de la bousculer à coups de descriptions explicites.

Elle songe un temps que ce n'est pourtant pas son genre, qu'elle est déçue de lui. Mais très vite elle s'aperçoit que malgré la répugnance initiale, elle attend étrangement le prochain texto, le prochain email, avec une curiosité qu'elle qualifie d'abord de malsaine et qu'au bout de quelques jours elle a cessé de considérer comme telle. Elle décide que cela n'a rien de malsain ; elle se prend au jeu. Elle le taquine et le provoque, il répond avec d'autant plus d'enthousiasme. Un peu incrédule, elle se découvre délicieusement prisonnière de ce temps tout haché en petits textes de plus en plus explicites, de plus en plus excitants.

Toutefois, à cause du décalage horaire, il y a des heures, le matin, où entre des lambeaux de sommeil agités de rêves lascifs elle est seule dans son lit, seule sans que son téléphone portable ne vibre, sans que sa boîte mail ne tinte à la réception d'un nouveau message. Elle relit les anciens, se sent doucement tiédir. Bientôt la pression monte. Agacée, jalouse qu'il dorme alors qu'elle ne tient pas en place, elle décide, par jeu ou par soif de puissance, de lui faire subir la même insoutenable matinée quand il se réveillera. Elle enclenche la caméra de son téléphone, se déshabille entièrement, écarte un peu les rideaux de sa fenêtre pour laisser passer un triangle de lumière blanche jusqu'à son lit. Et puis elle commence.

Après, je ne sais pas. Je n'ai pas vu la vidéo.
Ça ne me regarde pas.

Léopoldine Gauthier se branle - VIDEO

 **QuenZaTim75** - 5 vidéos

👍 **J'aime** 👎 **À propos de**

Publiée le 11 avril 20XX
Mon ex se branle devant son portable ! lâchez des comm ! HOT !

Tous les commentaires (12)

Connectez-vous pour publier un commentaire !

 BBKdum
tro merdique
Répondre 👍 👎

 Babou
PREM
Répondre 👍 👎

 JeanFrancois1955
quel âge ?
Répondre 👍 👎

 Margot Le M.
putain vous faites pitié à poster ça !!!! vous êtes des bâtards après faut pas
vous étonner qu'il y a des filles qui se suicide ou devienne anorexique !
j'espère que vous allez vous faire virer du bahut bande de connards
Répondre 👍 👎

 BiutifulBabes6969
you want see girl naked from china or russia hot video click here for babes
suck dick likes cocks <http://...>
Répondre 👍 👎

 Rafael Michelange
elle fait bien bourge j'aime bien ! âge ?
Répondre 👍 👎

NonALObjectification
Nous avons reporté le contenu de votre vidéo pour cyberharcèlement. Vous
encourez des peines graves. Comité de Surveillance Non à l'Objectification
des Femmes et des Jeunes Filles (CNOFJF). www.cnofjf.org
Répondre 👍 👎

Graham Redshaft
how old is the girl plz

Répondre

Corentin Marcellier
jm pa. Pa AC de bruit on diré kel sennui + on voi pa bi1 c sein

Répondre

Gaston Lagaffe 21
merci au journal d'itélé pour la pub faite à cette vidéo ! je vois que mon ancien lycée n'a rien perdu de son âme.

Répondre

Adèle Marion
Cette vidéo est une honte. Pour signer la pétition afin de la faire retirer rendez-vous sur www.change.org/fr-FR/leopoldine-gauthier-doit-retrouver -sa-dignite

Répondre

BuenoAbuelo
me gusta la fille francais ;) ¿ que edad tiene ?

Répondre

XI.

Quand je suis entrée dans l'infirmerie, Léo était assise sur le lit aux draps durs comme du carton, sirotant un de ces jus d'orange en petites briques que l'infirmière considère comme la panacée universelle. L'infirmière, en me voyant arriver, s'était éclipsée.

– Ça va ? j'ai demandé en m'asseyant à côté de Léo.

– Hmm. Elle est où, Iseult ? a-t-elle répondu.

– Chépa, ai-je menti.

En fait Iseult n'avait *pas voulu* monter la voir, elle avait préféré changer de cour pour faire fondre une autre pièce de la maison. Ça m'a étonnée d'elle, qui d'habitude nous colle tout le temps. Je me suis dit que ça nous faisait des vacances.

Le visage de Léo était pâle, les orbites de ses yeux creusées de lourds cernes gris. En traversant la cour, j'avais dû enjamber la petite flaque de vomi éclatée sur le goudron. Je me suis demandé si elle avait été malade plusieurs fois.

– Tu veux en parler ?

Elle a répondu :

– Tu l'as regardée ?

– Hein ? Ah, la… Non, bien sûr que non.

– Qui l'a regardée ?

J'ai haussé les épaules, et puis j'ai embrayé :

– C'est odieux de la part de Tim. J'aurais jamais cru. C'est injustifiable. Mais c'est lui que tout le monde va juger, tu sais, pas toi. Toi t'as rien fait de mal, mais lui, je peux te dire qu'il n'en sort pas grandi…

J'étais ridicule, mais les mots persistaient à couler tièdes. Pendant ce temps, elle continuait tranquillement à pomper son jus d'orange de colonie de vacances, ses lèvres refermées autour de la paille en plastique transparente dans laquelle montaient, avec un bruit d'évier qui se vide, de petites bulles collées les unes aux autres. J'ai dit :

– Je vais te raccompagner chez toi. On va regarder un film.

– Non, l'infirmière a été claire, je dois rester ici.

– Jusqu'à quand ?

– Jusqu'à dix heures. Ensuite je dois retourner en cours.

– Hein ? Pourquoi ?

– Elle m'a dit que si je rentre chez moi maintenant, je ne voudrai jamais revenir au bahut. Je n'arriverai plus à faire face à tout le monde, c'est ce qui se produit dans ces cas-là. Donc il faut que je reste en cours toute la journée, que je m'affiche, que je montre que ça ne m'a pas atteinte, que je ne vais pas en mourir.

Et comme pour se justifier d'en être à suivre les consignes de quelqu'un qui prescrit du jus d'orange Lidl à tous ses malades, elle a ajouté :

– Elle a une formation de psychologue, l'infirmière.

Puis elle a soufflé :

– La vidéo… elle est déjà sur Internet.

Une pellicule de sueur glacée s'est étalée le long de ma colonne vertébrale, m'engluant le tee-shirt au dos.

– Comment tu sais ?

Elle a désigné son iPhone posé sur la table de chevet.

– J'ai tapé mon nom.

– Ton *nom* ?

– Google propose *nue*, *vidéo*, et puis…

– Et puis quoi ?

– Et puis, ben, le mot.

Il m'a fallu trois secondes pour percuter. *Masturbation*. Elle ne voulait pas le dire tout haut : il y a des mots qu'on ne prononce pas quand on est bien élevée. Je préfère *onanisme* car ce mot est dérivé d'un personnage biblique donc ça fait tout de suite moins vulgaire. J'ai pris Léo par les épaules, et j'ai articulé, comme un coach :

– Écoute, tu n'as rien fait de mal. Tu n'as rien à te reprocher.

Elle a répondu :

– Ben oui, je sais.

– OK, du moment que tu le sais, ça va. Je veux que tu le saches, que tu te le répètes.

– Je le sais. Je me le répète.

J'étais contente qu'on ait pu débriefer cet aspect-là de l'événement, repartir sur des bases positives. Léo a repris :

– Mais bon, ça risque de rester sur Internet et plus tard, quand je passerai un entretien, si jamais ils me googlisent, je suis dans la merde.

Il peut paraître un peu étonnant que Léo ait pensé à l'impact d'une telle mésaventure sur sa future vie professionnelle dans un moment comme celui-ci, mais ce n'est que la conséquence logique de longues années d'encouragement à *penser à sa carrière* bien avant d'avoir appris à développer la moindre identité remarquable.

Finalement, j'ai répondu :

– Il paraît qu'il y a des logiciels pour effacer ce genre d'images.

L'infirmière a débarqué au milieu de cette séance de consulting stratégique en tapotant sa montre.

– Il est dix heures moins le quart. Léopoldine, tu es en état de retourner en cours ?

Léo a hoché la tête. L'infirmière s'est tournée vers moi :

– Et toi, tu ne la lâches pas d'une semelle, c'est compris ?

C'était l'ordre le plus facile à suivre au monde.

– Parfait. J'ai fait un mot à Madame Desmarec. J'ai écrit que tu étais très fatiguée ce matin et que tu avais dû rater son cours, mais que tu rattraperais le travail en retard.

– C'est complètement hypocrite, a grogné Léo. Elle sait, de toute façon. Ou alors elle saura. Elle était copiée dans l'email, comme tout le monde.

– Eh bien alors, elle comprendra d'autant mieux.

– Vous dites ça comme si c'était la routine.

– Il faut relativiser, a répondu l'infirmière.

– Facile à dire ! ai-je dit avec colère. C'est pas vous qui êtes impliquée !

Elle s'est tournée vers moi avec un sourire bien accroché aux pommettes, aussi net et blanc que sa blouse nickel, que ses lunettes impeccables. C'est une femme saine et solide comme toute infirmière doit l'être, les cheveux et les ongles courts, les chevilles et les poignets épais, qui fait et défait le lit comme si on était à la guerre : déroulage du papier-tissu, asseyez-vous, tirez la langue, c'est bon, descendez, découpage du papier en suivant les pointillés, une boule dans la poubelle qu'elle enfonce d'un coup de poing, voici votre petit mot et votre jus d'orange – vous pouvez retourner en classe. Une Lidocaïne à la rigueur, si on a vraiment mal à la gorge.

– Ma petite, a-t-elle répliqué, j'ai vu beaucoup de malheurs dans ce lycée et ailleurs. J'ai vu des filles maigres comme des cintres qui faisaient des insuffisances cardiaques parce que le dernier repas qu'elles avaient ingéré remontait à trois jours et avait été à moitié vomi. J'ai vu finir dans un cercueil un garçon que j'avais cru remettre sur pied mais qu'on a finalement dû décrocher d'une poutre après les résultats du bac. J'ai vu des dénis de grossesse, des schizophrénies, des dépressions nerveuses, des tics et des tocs et des hypochondries. Donc franchement, oui, c'est *facile à dire* pour moi qu'il faut relativiser. Ce n'est pas encore tout à fait la fin du monde.

Son petit discours m'a fait soupirer ; ils exagèrent toujours, ces adultes. On n'est pas non plus tous là à se taillader joyeusement les veines à la moindre baisse de moyenne trimestrielle – mais en même temps elle n'avait pas tout à fait tort, on a des hauts et des bas. Et moi-même, quelque temps auparavant, c'est vrai, j'avais *eu faim*.

XII.

C'était en quatrième ; ces trois mois terribles où Léo a commencé à sortir avec Tim. J'oubliais constamment de manger. Je me suis bientôt retrouvée avec des poignets comme des cous de poulet, une vallée de peau tendue entre les os de mon bassin. Léo m'octroyait cinq ou dix minutes par jour, et elle les meublait de commentaires extatiques sur Tim, son anatomie infiniment fascinante et leurs expérimentations farfelues sur les conseils de tel ou tel site Internet. Quand ça s'est calmé, je suis rentrée à nouveau dans son espace.

Pendant ma période de famine inopinée, Iseult a resurgi du fond des âges pour venir à ma rescousse, des barres de pâte d'amande et des paninis-Nutella à la main pour me nourrir, et progressivement je me suis remplumée. Elle me donnait à manger sans que je m'en aperçoive, comme un parent futé face à un gamin buté. J'ai remarqué un jour que mes côtes avaient été réenglouties par une saine couche de graisse. Je me sentais mieux, je me sentais pleine, le manque de Léo un petit peu remplacé par la présence sucrée d'Iseult. Ensuite, l'été atroce où Léo et Tim sont partis ensemble à Saint-Malo pendant quinze jours, Iseult et moi on a traîné toutes les deux à Paris, on est allées au cinéma, au musée, on a fait les magasins. C'était une solution temporaire, mais satisfaisante. Iseult savait garder son rang. Elle me parlait de Léo avec tendresse et conscience de la hiérarchie, comme une belle-mère parle aux enfants de leur vraie mère absente. Et puis elle lui ressemblait plaisamment, donc je jouais à oublier qui elle était. On a essayé des maillots de bain, un jour, chez Étam. Si je faisais exprès de ne pas savoir que c'était Iseult, je pouvais m'imaginer sous la lumière moche des néons que c'était Léo.

On a fait plein de trucs drôles, on a acheté un kit de Mako-Moulages et on a moulé nos visages dans le plâtre avant de les peindre. J'avais fait un maquillage de clown au mien parce que je suis nulle en art et je ne sais rien faire d'autre. Iseult, elle, s'était peinte hyper réaliste bien qu'un peu pâlotte. Je lui ai demandé si je pouvais avoir son moulage, elle a eu l'air très heureuse et elle me l'a donné, mais à la station Saint-Louis quelqu'un m'a bousculée et il s'est cassé dans mon sac. Maintenant, *à l'heure actuelle* je veux dire, elle lui ressemble encore plus.

Et puis Léo et Tim sont revenus de leurs vacances avec des photos et des vidéos plein leurs téléphones, c'était leur époque bisous <3 mon choupinou. Léo m'a bassinée avec leurs vacances. Ils avaient campé près de la plage, un soir il pleuvait, l'air était glacial, ils étaient morts de rire et de froid, dans le sac de couchage ils ne comprenaient plus où commençait l'un et où finissait l'autre mais la lune était incroyablement ronde et basse, on aurait pu l'attraper dans un filet à crevettes, dans la tente la lumière tombait tendre et poudreuse et c'était la plus belle nuit du monde.

Elle est venue dormir chez moi, et tout ce que mon plafond avait à lui offrir en comparaison, c'étaient des étoiles phosphorescentes en plastique. Moi :

– Et alors, vous l'avez fait ?

– Oh non ! Une première fois, ça ne se fait pas sous une tente, enfin. Non, non.

– Non ?

– Mais non, arrête ! Pas encore. On a été très sages.

– C'est ça, oui.

– T'as qu'à pas me croire !

– Je te crois, je te crois.

– Sages comme des images.

– Je te crois.

– Sagissimes.

Deux mois plus tard, c'était fait. Il leur a fallu toute une nuit pour y arriver et il a fallu toute une semaine à Léo pour s'en remettre ; elle a saigné et, sans raison, s'est mise à psychoter qu'elle était tombée enceinte. Je l'ai accompagnée à l'infirmerie pour quémander la pilule du lendemain. Elle était mal. Elle avait des vertiges, des nausées ; on a séché les cours l'après-midi et on s'est promenées dans le zoo du Jardin des Plantes.

– Bon, mais qu'est-ce qui va pas ? Ça te fait toujours mal ?

– Non, c'est bon, la douleur, c'est parti.

– Alors quoi ?

– Mais rien ! Tu me soûles avec tes questions !

On était devant l'enclos des flamants roses ; elle était presque aussi rose que leurs plumes, c'était drôle. J'ai murmuré :

– Ah, OK… j'ai compris.

J'ai laissé traîner un silence évocateur, qu'elle a interrompu d'un :

– Quoi, « j'ai compris » ? Qu'est-ce que t'as compris ?

J'ai gardé le silence jusqu'à l'enclos de l'orang-outan, où j'ai finalement lâché :

– T'as pas ressenti de plaisir, c'est ça ?

– Hein ? Mais arrête de fantasmer, ma pauvre !

– T'inquiète, c'est ta première fois, c'est normal.

– Tain mais la ferme, je t'ai rien demandé !

Elle a poussé l'un de ses légendaires soupirs, et puis elle m'a lancé :

– Qu'est-ce que t'en sais, de toute façon ? Tu me fais marrer, avec ton expertise à la con. Si tu l'as jamais vécu, tu peux qu'imaginer – et imaginer, ça n'a rien à voir.

Mais apparemment j'avais raison, puisque quelques semaines plus tard, après un petit temps d'adaptation, la vie était à nouveau superbe et parfaite, et chacun des regards entre Léo et Tim était comme une empoignade.

Je me souviens bien de cette époque. L'hiver était exceptionnellement propre et froid. On a traduit un passage de Shakespeare en classe d'anglais. *The world is mine oyster* : Le monde est mon huître. Il y avait de l'optimisme dans l'air clair, un grand avenir pour nous derrière les fenêtres. On avait une idée très solide de la vie, de nos parcours, de tout. Les arbres portaient des colliers de perles.

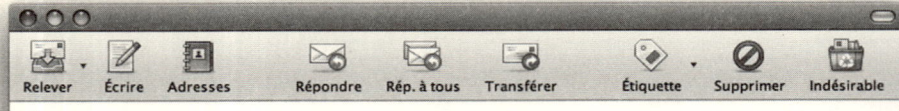

12/04/XX 10:43

Bonjour Philippe,

Désolé de te déranger dans ton emploi du temps chargé, mais je te serais très reconnaissant si je pouvais te voir dans les plus brefs délais pour te demander conseil au sujet d'une affaire très délicate concernant l'une de mes jumelles (Léopoldine).

Ce matin son ex-petit ami a envoyé à de très nombreuses personnes (élèves + parents d'élèves + profs lycée H-IV) un email contenant un lien vers une vidéo d'elle extrêmement humiliante et dégradante. La vidéo est sur Internet. Anne-Charlotte est dans tous ses états.

Je voudrais discuter avec toi des recours judiciaires envisageables, notamment côté dommages & intérêts (préjudices futurs en termes de recherche d'emploi, respect de la personne et droit à l'image, etc), mais aussi et surtout quant à la possibilité de faire retirer cette vidéo entièrement d'Internet. N'étant pas familier de ce genre de cas, je m'en remets à toi. Puis-je passer à ton cabinet aujourd'hui (de préférence) ou demain avant 11 h ?

Merci par avance pour ton aide. Bonjour à Dominique et aux enfants.

Dis-moi bien quand je peux passer. À très vite,

Alain

PS : Dis à Théotime qu'a priori Lacombe peut le prendre en stage en juillet-août, je lui transmets la réponse officielle dès que je l'ai.

XIII.

– Elle est où, Iseult ? a redit Léo quand on a émergé
dans la cour rincée par la dernière averse.

J'ai fait semblant de regarder autour, comme si je
m'attendais à voir surgir, d'une fente dans le goudron,
d'une ride dans un arbre, d'un coin de nuage, une Iseult
toute fraîche et prête à épauler Léo – à lui prêter un
morceau de corps sur lequel s'appuyer en échange de
ces sourires que les jumelles se réservent parfois et qui
me sont à jamais inaccessibles.

Mais non, pas d'Iseult, et à vrai dire j'avais déjà un
mauvais pressentiment à cause de sa main noire de
fusain et de cette cour de cire fondue qu'elle avait
faite. J'aurais préféré qu'elle se montre, qu'elle
prenne ses responsabilités, sa sœur était au cœur du
scandale du jour, tout de même ! Son absence cre-
vait les yeux, elle s'inscrivait en creux dans le gris
de la cour, et décidément je n'aime pas les gens qui

se cachent, qui se rendent intéressants en refusant d'apparaître.

J'ai donc répondu avec fermeté :

— Elle doit être en cours, elle a cours, c'est l'heure d'être en cours.

Et la cloche de l'église Saint-Étienne-du-Mont a confirmé, égrenant ses dix coups du matin dans un ciel ouaté. Je suis direct repassée en mode coach :

— Il est dix heures, Léo. Il reste six heures, six heures à tenir. Tu tiens six heures et ensuite c'est fini, ensuite on rentre à la maison et tu auras gagné.

Elle a hoché la tête.

— Qu'est-ce qu'on a, maintenant ? m'a-t-elle demandé comme tous les jours, parce qu'elle n'a jamais pris le temps de mémoriser notre emploi du temps, sachant trop bien à quel point j'aime avoir l'impression de lui être d'une grande assistance.

— Physique-Chimie.

— Ah oui, TP, s'est-elle souvenue.

On s'est lentement dirigées vers le bâtiment des sciences, passant de la grise cour Musset à la grande cour du Méridien rutilante comme une casserole. Une petite grappe de lycéens agglutinés sur un banc produisait une sorte de bruit de fond maugréant ; ils se plaignaient sans doute entre eux d'un prof ou d'un contrôle ou d'un problème du même ordre auquel on n'accordait d'important que pour mieux masquer leur véritable trouble à la

racine de tous leurs maux, un trouble que j'avais envie
de leur jeter à la figure en criant : « Vous êtes irréels !
Vous n'existez pas ! »

Ou alors, si peu.

Comme s'ils m'avaient entendue, ils ont levé les yeux
vers nous tous en même temps, sous l'impulsion de l'une
d'entre eux qui, tel un suricate dans le désert, avait repéré
Léo dans l'arche noire de l'entrée de la cour. Leurs regards
ont vacillé tous ensemble, une parfaite chorégraphie de
l'embarras, et puis ils se sont faits insistants. Je les imaginais, cette bande d'amis grommeleurs et blasés, je les
imaginais imaginant Léo telle qu'ils l'avaient vue et que
je ne l'avais pas vue ; ce faisant j'arrivais presque à voir
ce qu'ils avaient vu, et cette vision me dérangeait au point
que j'aurais voulu coudre avec soin leurs paupières de
poupées, pour ne pas avoir à supporter leurs yeux de verre
qui me reflétaient ces images.

Murmures, grincements, rires étouffés ; ricane-
ments.

Et tous ces yeux ou presque étaient bleus, d'un bleuté
d'yeux de loup, ça m'a clouée, tous ces trous bleus dans
ces étendues de peau rose. Je me suis plu à imaginer Léopoldine comme leur petit chaperon rouge, et moi en
bûcheron qui les attaquerait à la Hache Quatre pour la
sortir fraîche et ensanglantée et souriante de leurs
entrailles. Sauf qu'elle n'avait pas besoin de moi : elle n'a
pas pris de petit chemin alternatif, elle a marché droit

devant eux avec son hochement d'épaule et un recoif-
fage rapide. Ils ont tous baissé la tête vers l'asphalte,
comme balayés par le coup de fouet de ses cheveux.

De nulle part, alors, est apparu Aurélien. Bras bal-
lants, sourire niais, ployant un peu sous le regard des
autres – de toute évidence, il n'avait pas encore tout à
fait décidé s'il assumait ou non de se retrouver victime
collatérale du grand gossip du moment. Immédiatement
Léo lui a dit, sans le toucher :

– Tu l'as regardée ?

– Non, non, bien sûr que non, a bafouillé Aurélien.

C'était évident qu'il disait la vérité. Et c'était évident
aussi que ce refus implacable le rendait insupportable-
ment libre, le torturait de tous les fantasmes possibles
et imaginables qu'un visionnage pur et simple aurait
interrompus.

– Il faut que je t'explique, a dit Léo – et comme elle
n'a pas fait signe de vouloir que je m'éloigne, je suis
restée.

– Oh non, t'inquiète, a répondu faiblement Aurélien.

– Si, si, il faut que je t'explique, a-t-elle répété, c'est
la moindre des choses. À l'époque, il faut comprend-
dre, c'était de l'amour – enfin, un truc du genre. En
tout cas, c'était pas de la pornographie.

Ça sentait déjà le réchauffé, le discours mémorisé
en sirotant du jus d'orange à l'infirmerie. Léo était

aussi forte en dissertation qu'en mémorisation et on voyait les réflexes lui revenir véloces : problématique, thèse, antithèse, synthèse. Aurélien ne disait rien, il regardait simplement le col de la chemise de Léo. Elle a pris une profonde inspiration et s'est lancée dans son explication :

– En théorie, quand on est dans une relation avec quelqu'un et qu'on prend ça au sérieux, on pense qu'on va finir sa vie ensemble, tu vois ? Au moins un minimum. Logiquement, donc, c'est tout à fait justifié de penser qu'il n'y a pas de problème à faire ce genre de chose. C'est le genre de circonstances où on ne réfléchit pas de manière entièrement raisonnable. Et dans mon imagination, à l'époque, donc, les seules personnes dont il faudrait faire gaffe à ce qu'elles ne tombent pas sur cette vidéo seraient nos gamins, enfin, quand on en aurait. Si jamais on en avait. Tu me suis ?

Forcément non, puisque le garçon n'avait jamais été en couple avant et que la perspective de « gamins » n'entrait certainement pas dans son champ de vision, mais il a hoché la tête bravement :

– Tu n'as pas à t'excuser, tu sais.

– Non : je *n'avais* pas à m'excuser, a répondu Léo. Je n'avais pas à m'excuser tant que c'était entre Tim et moi et qu'on était la même personne, si tu vois ce que je veux dire, et qu'on estimait, si on suit le raisonnement, qu'on serait toujours la même personne. Mais maintenant

qu'on n'est plus *ensemble*, quelqu'un d'autre me regarde
qui n'est plus moi. Et donc, en conclusion, ce qui n'était
qu'un acte devient une honte.

La voix d'Iseult dans ma tête – non, pas *une* honte.
La *honte*.

C'est là que la cour a brutalement fondu, coulant son
asphalte clinquant dans une grande cuve rectangu-
laire à carreaux propres et bleus, et se changeant en
eau, bleue aussi, maladivement odorante, sa surface
fripée de vaguelettes : une piscine.

J'ai douze ans et demi, je suis à la piscine avec le reste
de la classe.

Je me change dans un vestiaire étriqué et mon maillot
de bain vert, que j'enfile sans même avoir retiré mes
chaussettes, a la froideur gluante d'une peau de grenouille. L'air est moite et chloré.

La corvée de la semaine, sauf quand on a la chance
d'avoir ses règles. Je déteste la piscine. Je crie :

– Je déteste la piscine !

Léo me répond de la cabine d'à côté :

– Ça fait du bien aux capitons !

À l'époque, elle a souvent tendance à m'appeler
gentiment Boulotte ou Peau d'Orange, parce que mes
cuisses n'ont pas encore perdu la pâte de l'enfance.
Plus tard elle m'appellera l'Asperge ou Bâton de Ber-
ger, en hommage à leur soudaine disparition quand

elle s'est enfuie avec Tim. Mais j'ai repris depuis un poids normal et je n'ai plus de surnoms.

Mon maillot enfilé, je m'aperçois soudain qu'il y a dans la paroi entre nos deux cabines une vis manquante, ce qui a ouvert un trou de la taille de mon petit doigt dans le contreplaqué. Je m'apprête à faire une blague à Léo, en y passant un stylo pour lui gribouiller sur la jambe, par exemple. Finalement je me retiens. Je me penche, en chaussettes et maillot. Le trou dans la paroi fait exactement la taille de mon regard.

Ce n'est pas comme si je n'avais jamais vu Léo dans cet état, puisqu'on fait des pyjama-party avec elle et Iseult, à boulotter des Monster Munch en culotte et tee-shirt devant des épisodes de séries américaines. Mais en général je ne suis pas aussi près, et pas à cette hauteur-là, et puis tout est *clair* et *ouvert* et *autorisé*.

Elle porte une culotte avec des petits arcs-en-ciel et elle a des fesses qui ont des fossettes, comme un petit garçon. Elle déroule son maillot de bain et se débarrasse de sa culotte sans ménagement et sans les mains, façon flamant rose, en attrapant le coin droit entre les orteils du pied gauche avant de le faire glisser jusqu'à terre où elle semble l'écrabouiller. Moi, si je tentais une acrobatie pareille, je resterais le doigt de pied coincé dans l'élastique, je me péterais la gueule et je m'écraserais comme une otarie contre la paroi.

De trois-quarts, elle passe de profil, et j'ai à peine le temps de confirmer que, comme moi, elle a déjà des poils noirs comme des sourcils, quand tout à coup une voix :

– Bon, là-dedans, t'as fini ou quoi ? Y en a qui veulent se changer !

Un poing qui cogne contre la porte qui s'ouvre violemment. C'est la cabine qui ferme mal, la numéro 10, je ne sais pas comment j'ai pu oublier, et je pars en un comique bond en arrière mais c'est trop tard ; Annabelle Bouville m'a vue.

Il y a un silence car elle me regarde, et puis son regard se pose sur le trou dans la paroi, et puis quelques secondes plus tard sur la porte de la cabine voisine qui s'ouvre dans un cliquetis et sur Léo qui sort en babillant qu'il faudrait qu'on l'aide à mettre son bonnet de bain et est-ce que quelqu'un a du talc ?

Le visage d'Annabelle est tout entier un rictus : l'un de ces rictus qui jugent et qui savent. Je fléchis sous le poids de son regard, comme s'il me forçait à lui reconfirmer qu'elle a bien vu ce qu'elle a vu – et même à me repencher vers le trou, pour observer cette cabine désormais vide à côté de la mienne.

Anabelle ne dit rien ; pas tout de suite. Elle s'engouffre dans la cabine d'à côté, et le fin cylindre de lumière qui fusait du trou s'évanouit immédiatement, obstrué par un manteau ou un sac.

Elle n'a rien dit pendant plusieurs mois. Ce n'est que bien plus tard, alors que je croyais qu'elle avait oublié, alors que j'avais enfin arrêté d'être malade à chaque fois que j'y repensais, qu'elle m'a dit quelque chose.

XIV.

On s'est mises devant nos paillasses.

Le prof de physique-chimie est ce qu'on appellerait un bon bougre si on utilisait encore cette expression. Il est bien brave, quoi. Il s'appelle Jean-Baptiste Rouleau. Il a quarante-cinq, cinquante ans. Un jour il nous avait projeté une présentation PowerPoint qu'il avait oublié d'éteindre ; il a continué à blablater et l'ordinateur s'est mis en veille, et des photos de ses vacances en Corse ont soudain fleuri sur l'écran géant. Lui et son gros bide, sa femme et ses bigoudis, leurs deux préados boudeurs. Tout le monde regardait ça en rigolant ; Monsieur Rouleau, lui, continuait à parler de chimie, ses yeux bleu pâle tout animés de fierté à l'idée qu'on soit si intéressés, si enthousiastes. Il faisait une blague et croyait qu'on riait de sa blague ; tout étonné, il en refaisait une autre, et nous on riait encore plus parce que, sur l'écran, il y avait une image de lui les pieds dans l'eau en maillot à fleurs. Voilà, c'était le quart d'heure de gloire de sa vie de prof, son *one-man show* inopiné – et quand il s'est enfin retourné, ayant suivi quelques regards qui n'allaient pas exactement dans sa direction, il a d'abord éclaté de rire, il a dit Oh ! maintenant je comprends ! Et moi qui croyais que c'était moi qui vous amusais ! et ça l'a fait marrer jusqu'à ce que ça ne le fasse plus marrer, jusqu'à ce que les lignes de son sourire soient ravalées par la pâte de son visage et qu'il comprenne que son quart d'heure sous les feux de la rampe avait été une illusion. Nous, on avait limite mal pour lui.

D'une manière générale, j'ai l'impression qu'il nous plaint, c'est trop mignon, il nous plaint d'être embrigadés comme nous le sommes dans une compétition féroce pour un avenir qui dépend d'un classement dans un concours national. C'est bien le seul qui s'en préoccupe. Parfois il tapote la tête des élèves comme pour nous rappeler qu'on ne devrait pas trop s'inquiéter, qu'il y a « des choses plus importantes que les notes », qu'on a toute la vie devant nous, qu'il ne faut pas oublier qu'on est fondamentalement libres, et autres aphorismes qui n'ont jamais fait entrer quiconque à Polytechnique ou à l'ENS. Au conseil de classe, d'après David et Marisol (les délégués), il défend tout le monde, même les nuls et ceux qui ne foutent rien. Il essaie toujours de leur trouver des justifications, il les présente comme des incompris et des artistes alors qu'ils sont juste incompétents ou flemmards – pour ne pas les citer : Grégoire le poète maudit qui gratouille vaguement sa guitare, Chiara qui se ronge les ongles en demi-lunes et qui a toujours des souvenirs de séjours bien hysté-riques à Ste-Anne à nous raconter. Rouleau les pro-tège, il dit : Quand même, c'est pas humain ce système ! Ce sont des ados et on leur explique à lon-gueur de journée qu'ils ne doivent rien faire d'autre que de se préparer à se bouffer entre eux quand ils seront adultes !... On sent l'intello viré un peu hippie qui n'a pas été assez courageux pour aller se trouver une âme dans l'Annapurna. Du coup il résiste – un peu – à cette obsession généralisée de la réussite, mais sans la conviction qu'il faudrait pour nous faire dévier de notre cible. Il est gentil.

À peine entré, il avait déjà les joues rouges. Il a ouvert les fenêtres. Il semblait moins jovial que d'ordinaire. C'était clair qu'il avait vu l'email. La vidéo, même, peut-être. Il était changé.

– Bonjour tout le monde, on commence vite, c'est une longue expérience à préparer. Chloé, vous me distri-buez ces poly, s'il vous plaît ?

Chloé, sur la paillasse devant nous aux côtés de Fré-déric Buisson, s'est levée pour prendre la pile de papiers. Quelqu'un a dit :

– Monsieur ?

– Oui, Jonathan ?

– Non, c'est Maxime.

– Pardon, oui, Maxime. Qu'est-ce qu'il y a ?

– Vous m'avez enlevé trop de points sur un exo au dernier contrôle. L'exercice 4. Vous m'avez enlevé cinq points et demi alors qu'il était sur cinq.

Soupir de Monsieur Rouleau.

– Vous passez me voir à la fin du cours, OK ? Là, on part sur le TP, d'accord ?

– Oui, OK, m'sieur. Mais juste un truc, m'sieur…

– Oui, quoi ?

– Le TP d'aujourd'hui, il compte ?

– Il compte ? Comment ça, il compte ? Évidemment qu'il compte.

– OK, mais il est noté sur 7,5 et il compte en complément du contrôle de la semaine dernière, comme le dernier quart des points sur la note de 30 que vous ramenez à 20 ? Ou alors il compte en complément du contrôle de la semaine prochaine ? Ou alors il compte en complément du TP de la semaine prochaine et il est noté sur 10 ?

– Mais comme d'habitude ! s'agace Monsieur Rouleau. Il est noté sur 7,5, il compte sur la note générale de 30, ensuite je ramène à 20, comme d'habitude.

– Sur quel contrôle ? Celui que vous avez rendu l'autre jour, ou…

– Sur le contrôle précédent, comme d'habitude ! Je ne vois vraiment pas ce qui vous trouble, Maxime. Allez, on y va, là, on regarde les poly.

– C'est parce que c'est pas clair, m'sieur ! est intervenu Tim. Parce que si on extrapole, à la fin du trimestre il y aura un contrôle qui restera sans TP après, donc il sera noté sur 22,5 et ensuite, comment vous ferez pour la moyenne du trimestre : vous le ramènerez à 20 ? Comment vous ferez ? Ou alors il sera noté sur 20, ce contrôle-là ? Ou sur 30 ? Ou alors il compte pour le troisième trimestre ?

Monsieur Rouleau est resté silencieux un instant, toisant Tim, puis il a dit, avec une étrange fermeté :

– Occupez-vous de vos oignons, Timothée.

C'était drôle d'entendre cette expression si nunuche prononcée si durement.

On a alors compris que désormais, Monsieur Rouleau haïssait Tim. Et Tim l'a compris aussi, et Tim s'est tassé sur son tabouret, comme écrasé d'angoisse. Il savait, d'ailleurs *tout le monde* le savait, qu'il était très limite en physique-chimie et qu'en perdant l'appui de Rouleau il perdait certainement le passage en première S.

J'ai eu comme un remous de triomphe dans le creux de l'estomac. *Il y a une justice.* Tim ne passera pas en S. Et il ne peut pas passer en L vu qu'il est nul en français. Il devra aller en ES – en *ES* ! – ou redoubler. Dans les deux cas, il est *out*.

La vengeance est un plat qui se mange à la cantine de Polytechnique.

Après cet affligeant accès de satisfaction, j'ai baissé les yeux vers mon poly. Léo aussi lisait le sien. Mais j'étais distraite et le poly n'était qu'un ramassis de hiéroglyphes. J'ai levé les yeux à nouveau. Monsieur Rouleau regardait Léo. Il y avait dans son regard : sa fille à lui, encore vierge – pense-t-il – et à propos de laquelle il voudrait pour toujours se convaincre que de telles images d'elle ne seront jamais diffusées ; son fils à lui, trop timide pour attirer des *filles comme ça*, et dont il voudrait être sûr qu'il ne ferait jamais ce qu'a fait Tim ; sa femme à lui, qui était à peu près comme Léo quand il l'a connue à la fac, blonde et longue en jean cigarette, et qui maintenant ressemble à une brioche rassurante, depuis les deux gros bébés et l'épisio ratée ; ce soir, il lui racontera l'histoire qui secoue tout le lycée, et il tentera de la persuader qu'il n'a même pas ouvert le lien de la vidéo.

Moi j'en étais sûre, il l'avait regardée. Il y avait une sorte de violence, carnassière et honteuse, dans son regard qui passait de la fenêtre à Léo et de Léo à la fenêtre. Il se demandait s'il avait le droit de penser à ça en louchant sur une fille de seize ans. Il brûlait d'égarement et de confusion. Il honnissait le décalage entre cette Léo ici, studieuse et efficace, faisant cliqueter les tubes à essais, et cette Léo là, méconnaissable et si *publique*, exposant vulgairement toute sa petite étendue de chair rose.

– Hé ho, tu m'aides ? elle m'a demandé.

Elle avait déjà griffonné une demi-page de formules. Son stylo plume en plastique fait un bruit de maracas quand elle écrit, parce qu'elle a rempli le réservoir de billes récupérées dans les cartouches vides. Sur la page à petits carreaux, les molécules se tiraient des flèches entre elles, arrangées en forme de petits corps d'insectes.

J'ai allumé le bec Bunsen, faisant jaillir une lame de feu.

– J'ai douze appels en absence de mes parents, elle a dit en approchant le tube à essais, penché vers la gauche, de la flamme bleue. Faut que je les rappelle après le déjeuner. Qu'est-ce que je vais leur dire ?

– Tu n'as rien à te reprocher. Ça ne les regarde pas.

– Oui, non, mais il faudra bien que je leur dise quelque chose. Et Iseult, pourquoi elle répond pas à mes textos ?

J'ai haussé les épaules. Je ne voulais pas lui dire qu'elle était trop occupée à faire des dessins glauques, ça l'aurait peinée.

– Je vais écrire une lettre, a décrété Léo. C'est la meilleure stratégie. Je vais écrire une lettre, la photocopier et la distribuer à tout le lycée.

– Tu veux pas plutôt faire un mail ?

– Non. Je refuse d'utiliser les mêmes outils que lui. Je vais faire ça sur papier. Je vais raconter ma version et je demanderai au CPE de la photocopier pour moi. Je vais laver mon honneur.

J'ai ricané malgré moi. C'était le jour des expressions vieillottes.

– Bon, tu t'occupes du TP ? Je vais écrire ce truc, pendant ce temps.

Rouleau n'a pas bronché quand il a vu Léo s'installer tout au bout de la paillasse et faire ouvertement autre chose que des équations ou des précipités. C'était comme si on lui avait diagnostiqué une grave maladie, elle était dispensée de travail. Il a pris son air tolérant et plein de compassion, tout en lui coulant des regards obliques (*r'gards obliques, r'gards obliques*). Pendant ce temps, je me débattais avec les formules, les transformations, les liquides, la pince en bois déglinguée qui ne tenait pas correctement le tube à essais au-dessus du feu.

Et comme je lisais par-dessus son épaule – ~~Bonjour Chers tous Cher~~ – je ne faisais pas gaffe – *Mes chers amis, dans cette lettre je souhaiterais* – à ce que je faisais – *je ne peux qu'exprimer mon horreur et ma désolation* – et que la pince en bois – *dans une relation que je pensais empreinte de respect et ~~d'amour~~ de tendresse* – laissait glisser le cylindre de verre – *cette vidéo n'aurait jamais dû être partagée avec d'autres* – de plus en plus près de la coupure du feu – *brisé la confiance que j'avais en lui* – le liquide surchauffé – *à jamais blessée de cette ~~traîtrise~~ trahison* – a subitement – *vous implore de vous montrer indulgents* – été EXPULSÉ comme une balle de fusil – *retrouver la dignité que je n'aurais jamais dû perdre* – contre la vitre de notre table...

... pulvérisant au passage quelques petites gouttes brûlantes comme du plomb en fusion dans la nuque de Chloé et Frédéric.

Deux jappements, et puis :

– Léopoldine, sale *pute* !

Léo, stylo plume en main, a levé les yeux vers lui sans comprendre.

– Putain, tu peux pas faire gaffe ? T'es vraiment une sale...

Mais là il a compris que c'était moi qui tenais le tube dans la pince, pas Léo, et il a continué muettement à se masser la nuque, tout comme Chloé qui couinait *ouille ouille ouille* comme une nouille en se passant la main dans les cheveux.

– Enfin, Frédéric ! s'est écrié Monsieur Rouleau en arrivant à grands pas du fond de la classe. Vous êtes malade ou quoi ? Qu'est-ce qui vous prend d'insulter vos camarades ?

– Elle m'a brûlé, cette connasse ! a lancé Frédéric en me montrant du doigt. J'en ai plein le cou !

– Arrêtez de jurer comme un charretier, ça ne va pas la tête ? On va vous trouver de la Biafine, c'est bon, c'est pas grave.

Il a examiné les nuques de Chloé et Frédéric.

– C'est trois fois rien en plus, la vitre a tout bloqué. Non mais franchement, vous êtes montés sur ressorts aujourd'hui, tout le monde !

Il m'a fait un signe du menton :

– Vous, vous nettoyez vos bêtises. Vous auriez pu faire attention ! Encore heureux que vous ne pointiez pas ce truc en direction de votre binôme.

Ma binôme en question était toujours stoïque, le stylo plume en l'air, le regard fixe comme un pantin. Frédéric, rouge fraise, bougonnait des borborygmes inaudibles.

– Bon, a dit Monsieur Rouleau, je vais vous chercher un tube de Biafine.

Il est sorti, la porte a claqué et les pieds des tabourets ont crissé sur le carrelage. Les autres s'approchaient de nous – aussitôt, j'ai harangué Frédéric :

– Vas-y, ça va pas ou quoi de nous traiter de sale pute et de connasse ?

– « Vas-y ! » a persiflé Chloé en imitant ma voix. « Zyva, d'où tu me parles ! T'as cru que c'était la fête ? » C'est le neuf-trois à H-Quatre, wesh !

– Tu nous as brûlés, a grogné Frédéric.

– Arrête de faire ta chochotte, vous avez reçu trois gouttes.

– Trois gouttes ? Trois gouttes ? a criaillé Chloé. Tain, t'es gentille, c'est pas toi qui les as dans le cou les trois gouttes, espèce de pouffiasse !

– Mais ta gueule ! Arrête de m'insulter ! Faut vous faire soigner, bande de malades !

Les autres autour formaient un petit cercle de visages tout assombris, comme un auditoire bizarre de guignols en carton-pâte. Ils se pressaient les uns contre les autres, certains sur la pointe des pieds, tous muets et enflés de *desiderata* indéchiffrables. Quelqu'un disait, de loin, dans l'agglutinement, Hé les mecs, faut faire le TP, sinon Monsieur Rouleau il va pas être content. Trop chou : ça devait être Ivan, deux ans d'avance et migration des testicules encore inentamée. Dans le cercle, il y avait des bouches ouvertes, certaines barrées d'appareils dentaires, le métal scintillait froid entre tous ces bureaux de céramique. J'ai frissonné.

– T'écris quoi, toi ? s'est exclamé Frédéric, et il a arraché des mains de Léo sa copie double couverte d'encre bleue.

– Sérieux, laisse… a murmuré Léo d'un ton las. Fred, steuplé, laisse, sérieux.

– « Mes chers amis, a lu Frédéric d'un ton théâtral. Dans cette lettre je souhaiterais… »

– Arrête ! a hurlé Léo en se levant. *Arrête !*

Des gens dans la classe ont dit pareil : *Arrête, arrête,* mais n'ont rien fait pour.

Fred continuait à lire, Léo a contourné sa paillasse pour lui arracher la copie des mains. Dans la lutte, elle s'est déchirée en deux.

– T'es un gros con ! a dit Léo.

– Et toi t'es une grosse conne si tu penses que tout le monde va oublier ton cul sous prétexte que t'as écrit trois mots pour t'excuser.

– Non mais vive le vocabulaire... a pipé quelqu'un dans l'assemblée de marionnettes.

Il y a eu un murmure d'assentiment général – et aussi des sourires narquois du côté de quelques mecs dont l'un, la main sur le pantalon, masturbait un pénis imaginaire tandis qu'un autre, la main *dans* le pantalon, agissait de manière plus littérale, quoiqu'apparemment tout aussi dépourvue de réel effet. Frédéric a fait brûler la moitié de lettre sur le bec Bunsen, jusqu'à ce qu'il ne tienne plus entre ses mains qu'un petit triangle de papier tout mordillé par le feu, qu'il a jeté dans l'évier.

– Vous êtes méprisables, j'ai balancé à Frédéric et Chloé. Vous êtes des petites vierges effarouchées, des petits culs-serrés, des petits bourgeois frigides.

– Ta gueule, toi, la caillera ! a dit Frédéric. Espèce de gouine, on voit ta bave qui coule rien que de penser à l'autre pouffe !

– Va te faire enculer, Frédéric.

– Non merci, c'est pas mon style.

Les gens autour faisaient en chœur : « Haaaan ! »
ou « Aoutch ! » ou alors retenaient bruyamment leur
respiration.

– Au fait Léo, il te faut toujours quatre minutes cinquante et une, ou t'étais dans un bon jour ? a demandé
Chloé.

Les spectateurs murmuraient *Quatre minutes cinquante
et une ?* en tentant d'évaluer si c'était bien ou mal.
Quelqu'un a fanfaronné qu'il améliorerait volontiers
son temps si elle le laissait essayer. Quelqu'un d'autre a dit *Arrête de mytho espèce de puceau.* D'autres faisaient *berk* et *bon appétit bien sûr* et *merci bien, on n'a
pas envie de savoir, merci bien.*

Quand soudain :

– Mais arrêtez ! Arrêtez, merde !

La voix d'Annabelle a surgi des profondeurs, et elle
a émergé du groupe comme une petite boule de pâte
à pain pour déclamer :

– Merde, on est où, là ? C'est pas croyable de s'insulter comme ça ! Vous êtes complètement dingues ! On
se parle pas comme ça, on est civilisés !

– C'est elles deux que t'appelles civilisées ? a ricané Frédéric en désignant Léo et moi. L'autre exhibitionniste
et son petit chien ?

Chloé et d'autres dans l'assemblée rigolaient bête-
ment. J'ai cherché Tim des yeux, mais il n'était nulle
part ; peut-être qu'il était sorti de la classe. Quant à

Aurélien, il était assis tout au fond, derrière sa paillasse, la tête entre les mains comme une autruche. On aurait dit qu'il était soudain passé d'un très beau rêve à un très sérieux cauchemar, et qu'il s'apercevait qu'il n'avait pas la trempe requise.

— Tu sais, j'ai compris ton problème, Fred, a décrété Annabelle avec froideur. Et toi aussi, Chloé, et vous tous qui vous marrez comme des débiles ! Vous avez jamais pu sacquer Léopoldine parce qu'elle est putain de forte en cours et qu'elle se ramasse tout le temps les félicitations au conseil de classe. C'est ça qui vous emmerde, en fait : qu'elle soit meilleure que vous alors que c'est une meuf, qu'elle est bien fringuée et qu'elle est populaire. Idem pour sa copine, ça vous fait chier qu'elle soit en haut du classement et qu'elle aille vous chourer vos places à Polytechnique alors qu'elle vient de nulle part. Putain, vous êtes vraiment des merdes. Je suis bien contente de n'avoir plus que six mois à tirer dans cette ambiance de classe pourrie avant de me barrer en L dans un bahut moins hystéro. Vous êtes nuls, votre avenir est nul, vos vies seront nulles, une fois que vous aurez vos diplômes élitistes à la con pour pouvoir défiler sur les Champs-Élysées en faisant pleurnicher Mamie devant sa télé, vous vous retrouverez seuls et pleins de vide et de tristesse dans votre bureau de PDG merdique !

C'était un peu étrange d'entendre parler de soi à la troisième personne, mais j'aurais pu embrasser Annabelle sur toute sa demi-lune d'acné au menton et aux joues (je l'aurais fait d'ailleurs, sans la dite acné). Elle tremblait comiquement, comme un petit oiseau. Ensuite elle est partie brusquement et le silence a saisi la classe, les gens sont retournés à leur paillasse, Léo a pivoté sur son tabouret pour faire face à la fenêtre, et quand Monsieur Rouleau est revenu avec son tube de Biafine tout cabossé, Frédéric et Chloé lui ont fait comprendre que ça allait, ils n'avaient plus mal, ce n'était que quelques gouttes.

– Hé bien, a soupiré Monsieur Rouleau, quelle atmosphère, aujourd'hui. Allez, continuez vos TP.

On a continué, forcément ; mais je repensais à ce qu'Annabelle avait dit, et déjà dans ma tête ses mots se mélangeaient à ceux qu'elle avait prononcés plusieurs mois après l'épisode de la piscine ; on était encore des petites mais plus tout à fait, c'était un jour en sortie scolaire à Orsay, elle m'avait collée toute la matinée en m'empêchant de parler à Léo, et Léo du coup bavardait avec une fille qui s'appelait Zoé et ça me tuait littéralement, et au déjeuner quand on s'est tous assis sur les escaliers de la passerelle Léopold-Sédar-Senghor qui tranchait la lumière du soleil en lamelles, et qu'on a déballé nos sandwiches et nos canettes de soda, Annabelle m'a séparée encore plus de Léo et Zoé – je lui en voulais à mort – pour me balancer enfin :

– Franchement, t'as pas honte ?

XV.

– Honte de quoi ?

Elle a haussé les sourcils, sale gosse méprisante.

– Honte d'être comme ça avec Léo.

– Comme quoi ?

– Comme elle décide.

J'ai choisi le silence, déchiré l'emballage de mon sandwich. Annabelle est revenue à la charge.

– Tu sais ce que c'est, un Kleenex ?

– Ben oui, t'es bête ou quoi.

– Tu sais ce que c'est, une copine-Kleenex ?

J'ai haussé les épaules, picoré une bouchée de pain et de fromage. J'ai riposté en mâchonnant :

– Pourquoi tu me colles ?

– Tu sais ce que c'est ou pas ?

– Pourquoi tu me poses des questions ?

– Une copine-Kleenex, c'est la bonne poire qui est toujours là pour essuyer les larmes et ensuite on la jette. Y a des filles qui se spécialisent là-dedans, on sait pas pourquoi.

Elle a ajouté dans un murmure :

– J'en étais une quand j'étais en CM2.

Ça m'a fait rigoler, je sais pas pourquoi. Le côté réflexif de la chose (même si à l'époque je ne maîtrisais pas le concept de réflexivité), le côté « leçon de vie »... Elle faisait très bien sa petite assistante sociale. J'ai embrayé :

– Et alors ?

– Et alors, toi et Léopoldine c'est comme ça, je vois bien que c'est comme ça. T'es sa copine-Kleenex.

– N'importe quoi !

– Désolée, mais c'est pas n'importe quoi. Elle t'a embauchée comme mouchoir.

– Mais que dalle ! D'où tu me sors ça ? Je t'ai rien demandé ! C'est mon *amie*, elle aime bien être avec moi et me parler, c'est tout !

– Attends, te lève pas. Reste ici. Attends. Écoute, c'est pas pour te vexer. C'est pour te prévenir, je veux juste être sympa. Tout le monde voit bien que tu sers seulement à ça avec elle. Depuis que t'as lâché Iseult...

– J'ai pas lâché Iseult, on se voit tout le temps.

– Si, tu l'as lâchée. Vous vous voyez tout le temps seulement parce que tu traînes avec sa sœur.

– Même pas vrai.

– Si.

Elle secouait la tête avec son air grandiloquent de psychologue, et enfin elle a articulé, avec un véritable étonnement, je crois, une incompréhension totale :

– Qu'est-ce que tu lui trouves, mais qu'est-ce que tu lui trouves à Léo ?

Je suis restée bouche bée un moment, la question était tellement débile.

– Ben… tout.

Elle continuait à secouer la tête comme une fleur :

– *Tout*, ça veut rien dire. Comment ça, *tout* ? Elle a rien cette fille. Elle a rien. Je veux dire, autant Iseult, je pourrais comprendre, mais Léo, c'est le degré zéro, c'est rien, c'est juste un visage… Elle a rien.

J'étais estomaquée. C'était comme dire que le soleil ça n'avait aucun intérêt, c'était comme se demander pourquoi quelqu'un tient à la vie ! Je me suis demandé si Annabelle était folle ou juste jalouse, si ça se trouve elle voulait Léo pour elle et cherchait à m'en dégoûter ? Vu l'état de sa cote de popularité, c'était plausible. Après tout, c'était une sans-amis notoire. Je l'ai jaugée. Peut-être qu'elle était juste longue à la détente et qu'elle avait besoin d'explications. J'ai énuméré :

– Elle est intelligente. Elle est belle. Elle est gentille. Elle est drôle.

– Ça veut rien dire, tout ça. Et elle ne l'est pas plus que tout le monde.

– Si. Plus que n'importe qui. Elle a des choses, une personnalité, des trucs cachés… des choses que personne ne connaît.

Annabelle faisait non de la tête en levant les yeux au ciel, ça m'exaspérait, ça m'ébahissait aussi qu'elle ne *voie* pas ce qui était pourtant aussi évident, aussi incontestable, que la Tour Eiffel là-bas pointant au-dessus des immeubles dans le ciel jaune !

– Tu t'es trompée, a finalement dit Annabelle, tu t'es trompée quand t'as lâchée Iseult.

– Je l'ai pas lâchée. Et puis elle a plein d'amis à elle.

– Et alors ? On peut avoir plein d'amis et pas vouloir en perdre.

– Elle m'a pas « perdue », c'est quoi ces grands mots ?

– Ça se voit qu'elle pense que si. Et d'ailleurs, plein d'autres personnes le pensent.

– Pensent quoi ?

– Que t'as cassé avec Iseult pour Léo. Il y en a qui disent que t'es un pigeon, avec Léo. Et une lâcheuse avec Iseult.

J'ai bu mon Coca avec un goût de morve en haut de la gorge et les bulles m'ont piqué les yeux. *Lâcheuse* : l'insulte suprême à 12 ou 13 ans – encore pire que d'être un sans-amis, être une lâcheuse. Le temps qu'on passe à *penser* à ses amitiés quand on a cet âge-là, c'est effrayant –

– et d'ailleurs, tandis que je regarde le lit d'hôpital blanchâtre, là, maintenant, je me dis qu'on investit tous trop
de temps, trop d'énergie, à entretenir ces relations qui
ne sont que des *coïncidences* – pourquoi elle plutôt qu'une
autre ? parce qu'elle brille plus, parle mieux, parce que
c'était elle, parce que c'était moi, des conneries comme
ça – et qui se brisent par terre si facilement.

Tout ce temps gâché à se questionner sur qui on a
lâché et à qui on *fait de la lèche* et de qui on est le *pigeon*
et de qui on est le *Kleenex*…

J'ai marmonné :

– J'en ai rien à faire de ce que les autres disent.

– Tu t'imagines pas comment ils vous regardent, m'a
asséné Annabelle.

– J'en ai rien à faire de comment ils nous regardent.

– Tant mieux, alors. Je voulais juste te prévenir, juste
pour être sympa. Moi je dis ça, je dis rien.

– Ben dis rien, alors.

– Juste un dernier truc que je voudrais savoir.

– Quoi ?

– Iseult, tu la regarderais par le trou du vestiaire ?

La plaie. J'avais presque oublié. J'avais presque sur-
monté la honte. Et tout à coup je me retrouvais de retour
dans cette cabine, petite grenouille terrassée par le regard
d'Annabelle. J'ai murmuré :

– Mais non, mais toute façon je regardais pas et toute façon non, je regarderais pas Iseult puisque c'est pas Léo, c'est pas la même chose mais...

Je m'emberlificotais dans mes explications, Annabelle a tranché en détournant le visage :

– Apparemment, c'est sans espoir.

Ensuite la prof avait tapé dans les mains pour qu'on reprenne la route du bahut. Je ne lui ai plus reparlé, à Annabelle, sauf pour lui demander une cartouche d'encre une fois de temps en temps.

Léo ne m'a jamais « jetée », en fin de compte. Si j'étais un Kleenex, c'en était un du genre durable. Un mouchoir en tissu, peut-être, comme celui à carreaux de Monsieur Rouleau, tout collé par le mucus séché.

06/08/20*** - 10:35

Hello Léo. Maman est en train de faire faire les visas pour les vacances au Cambodge, elle demande où tu as mis les photos d'identité que tu as prises l'autre jour ?

Ah merde je les ai avec moi ici !!! j'ai oublié de vous les laisser avant de partir

Oui ben envoie-les nous demain par la poste parce que ça urge

Fait chier... Elle a qu'à utiliser les tiennes, toute façon personne verra la différence.

Arrête, c'est important. Envoie-les, c'est bon, ça va te coûter 1 timbre.

Steuplé soeurounette, va juste reprendre des photos de toi au Photomaton avec ma robe blanche et file-les à Maman en lui disant que c'est moi. Steuplé steuplé steuplé.

T'es lourde putain. Ca va te prendre 3 secondes. T'es en vacances, t'es en camping, tu fous rien de tes journées !

06/08/20*** - 10:37

Oui justement, je suis en vacances !! et je suis avec mon mec, je fous pas rien ! et on est à genre 25 min de vélo de la ville la plus proche.

T'es vraiment vraiment lourde. Je vais le faire, mais ça me soûle.

Merci merci merci ma sister je t'aiiiime et tu me manques <3

C'est ça oui. En plus je dois m'occuper de ta copine chérie tout le temps. Tu pourrais pas répondre un peu à ses textos ?

C'est pas la corvée non plus ! allez bisous <3

Elle est déprimée sérieux. Envoie-lui un texto ok ?

Oui madame <3 <3

XVI.

Monsieur Rouleau avait une petite histoire à nous raconter.

Ça se voyait depuis un bon quart d'heure ; depuis le début des questions de fin de TP. Les gens qui ont une petite histoire à raconter ont cette manière de hocher la tête quand on leur parle, avec les yeux au-delà de la conversation, et avec une sorte de petit hoquet dès qu'un interstice de silence s'immisce entre deux phrases, signifiant une possible opportunité de placer le début de la petite histoire.

Il l'a placée à la toute fin du TP, quand tout le monde a enfin eu terminé de poser des questions, alors que la cloche venait de sonner et qu'on entendait déjà les zips des fermetures éclair clore les trousses et ouvrir les sacs à dos. Il a dit :

– Pas si vite, tout le monde. J'ai une petite histoire à vous raconter.

On a attendu docilement. Il s'est juché sur le coin de son bureau, sur une seule fesse, une jambe tendue, l'autre pliée contre une chaise, ça avait l'air parfaitement inconfortable.

– Quand j'avais votre âge, a-t-il dit, j'étais moi-même ici, au lycée Henri-IV, en seconde 5.

Un instant de pause pour nous laisser ingurgiter l'information : cet homme n'a quasiment jamais quitté cet endroit de sa vie, à part pour aller à la mer avec sa femme et ses gamins.

– J'étais à l'époque très amoureux d'une jeune demoiselle qui était aussi rédactrice en chef de *Ravaillac*.

(Le journal du bahut.)

– Elle était très intelligente, mais aussi très manipulatrice, vous voyez ? Elle savait que mon père était le directeur du lycée. Elle voulait tirer quelque chose de cette information.

Deuxième révélation. Non seulement l'homme n'a jamais quitté le lycée, mais il est le fils d'un autre qui en était le chef.

– Un jour, elle m'a convaincu de la laisser venir prendre le goûter chez moi avec elle. Enfin, convaincu… *(petit sourire : « On est entre nous »)*. Ce n'était pas très difficile. Elle était très jolie.

Il parlait, il parlait, et dans nos têtes on voyait les escaliers de la cantine se remplir de petits collégiens. On avait raté les dix minutes cruciales d'après la sonnerie ; on

allait devoir se cogner la queue trente-cinq minutes. Rouleau continuait :

– Une fois chez moi, elle m'a pris en photo. Moi, naï-
vement, j'ai cru que c'était pour avoir un souvenir ! *(petit
rire)*. Mais quelques semaines plus tard…

La queue, c'est bien relou, et surtout, trente-cinq
minutes après le début de la cantine, il n'y a plus de
bons desserts. Il y a des pommes de terre écrasées sur
le carrelage. Il n'y a plus que les verres avec des morceaux de nourriture séchée dedans.

– … Quelques semaines plus tard, le nouveau
numéro de *Ravaillac* est sorti. Avec quoi en une ? Je
vous le donne en mille : moi en photo dans mon
appartement, et juste derrière, sur le mur, le grand
portrait de mariage de mes parents qu'ils avaient sus-
pendu dans l'entrée. Avec le titre « DANS L'INTIMITÉ
DE MONSIEUR LE PROVISEUR ».

Jacasseries lointaines des collégiens dans la cour. On
regardait Rouleau. On le regardait en se demandant
où il voulait en venir.

– Et donc voilà, a-t-il conclu. C'était terrible. C'était
distribué à tout le monde. Trois cents exemplaires. J'en
tremble encore. Je ne voulais plus sortir de chez moi,
j'avais l'impression d'avoir été… comment dire ? violé
dans mon intimité. Trompé et trahi.

Il a cherché Tim des yeux, et s'est aperçu qu'il n'était
nulle part ; en désespoir de cause, son regard a atterri

sur Léo, qui secouait très faiblement la tête, les yeux écar-quillés, comme pour dire Mais qu'est-ce que tu racontes, mais qu'est-ce que tu racontes mon pauvre vieux, tu es complètement à côté de la plaque.

De toute évidence, cette attitude l'a ébranlée, il en a prestement remis une couche :

– Tout ce que je veux dire, c'est que… Ce sont des choses dont, à votre âge… Enfin, d'autres l'ont fait et d'autres le feront. Parce que certains sont sans scru-pules et d'autres trop gentils. C'est dur sur le moment, c'est dur quand on a la confiance de quelqu'un et… enfin, qu'on croit l'avoir. Mais bon. Ce que je veux dire, c'est qu'après quelque temps, on oublie, et puis les autres oublient. Il faut avoir le soutien de ses amis, j'avais un bon ami qui… qui m'a dit c'est pas si grave, relativise. Évidemment, quand on est en plein dedans c'est très tragique. C'est comme si tout s'écroulait. Ensuite, on en rigole – enfin, bien des années après. Bon, évidemment, je sais bien qu'Internet n'est pas exactement la même chose qu'un journal de lycée, hein ! Mais après, voilà ce que je veux dire : après, les choses se tassent. Tout se tasse.

On était silencieux et fixes, complètement morti-fiés, on le regardait à travers l'empilement translu-cide de mille autres mondes. Il était touchant dans son incompréhension, dans son ardent désir d'être utile, de remplir sa mission d'éducateur. On aurait voulu lui prendre la main et dire « Ça va aller, Monsieur Rouleau, ça va aller ».

Il nous a enfin laissés partir. Léo, en sortant, lui a lancé un sublime « merci » de son meilleur jeu d'actrice, en baissant humblement les yeux – et il y a cru, il a réellement cru qu'il l'avait aidée – alors un sourire immense a déchiré son visage inquiet ; soudainement, il était heureux vrai de vrai.

Le pauvre, putain, le pauvre. J'aurais pu en pleurer de pitié.

XVII.

Il y a deux escaliers qui descendent en sous-sol dans l'estomac d'Henri-IV. Ils partent chacun de leur côté et se rejoignent pour n'en former qu'un, via un Y de marches antidérapantes où se bousculent les collégiens, les lycéens et les prépas. C'est une masse secouée de rires, de cris et de grognements où tentent de se faufiler ceux qui veulent arriver le plus vite en bas.

Tout le monde se regarde d'un escalier à l'autre ; on peut se faire des gestes ou désigner des gens à d'autres gens. C'est comme un spectacle où en plus on aurait faim. Les escaliers sentent la cantine, cette odeur bizarre qui mélange la javel et le ravioli. Il y a des surveillants qui crient « Hé-ho, toi ! ».

Arrivée en bas, la queue se re-sépare en deux, pour aller remplir les deux côtés de la cantine — « À gauche ou à droite ? » hurlent ceux qui y sont déjà, en se retournant, à leurs camarades coincés plus haut. On glisse sa carte de cantine dans un dispositif électronique et le distributeur libère un plateau sur lequel on peut ensuite empiler sa nourriture. Si on a oublié sa carte, on doit attendre vingt minutes debout contre une colonne carrelée, et les amis ont déjà fini de manger quand on débarque enfin, un peu humilié, ayant fait l'aumône d'un plateau auprès d'un pion, une fois le temps de punition écoulé.

Il y a des caisses de fourchettes aux dents un peu tordues et des couteaux qui ne coupent pas vraiment ; et puis des palettes en plastique bleu qui servent de nids aux verres encore tout chauds de la machine à laver.

(Extrait d'un texte que j'avais écrit en troisième pour une rédaction. Sujet : « Un lieu familier ». J'avais eu 15,5 et ce commentaire : « Quelques bonnes images, mais aussi des clichés. L'engagement personnel avec le lieu est peu développé. Grammaire + orthographe ✔. »)

On s'est battues dans la file d'attente, Léo et moi, et on est entrées dans la cantine sous les regards bégayants. En nous apercevant ils s'éteignaient puis se rallumaient comme ces petits phares dans les yeux des chats. Je chantonnais dans ma tête une rime idiote : *Tous ces trous bleus, ça me trou-bleu.* On entendait des « la voilà ». Voilà Léo, déesse ex machina. Les gens n'ont vraiment que ça à faire ? J'ai reporté mon attention sur la nourriture. Ce jour-là, c'était lasagnes. La morne plasticité de la pâte ourlée sur le côté par la chaleur ; les bouloches de viande accrochées à la sauce. En avançant dans la file on a vu Iseult toute seule, à l'autre bout de la cantine, dans un coin, cachée derrière une colonne de ciment. Son plan pour ne pas se faire remarquer, sans doute – mais du coup tout le monde se filait des torticolis à tourner la tête vers elle et nous. Elle avait mal calculé son truc ; en fait, Iseult, elle calcule toujours tout mal. Léo n'a pris qu'un petit pain et une entrée dans un pot en mélamine. Son plateau tremblait un peu. Au bout de trois pas le pain est tombé, s'émiettant à la ronde – je m'attendais presque, dans une espèce de transe, à ce qu'une volée de petits oiseaux vienne le picorer.

On s'est frayé un chemin entre les tables, scindant net les conversations. Certaines personnes, avec toute la bonhomie de ceux qui sont au-dessus de tout ça, se forçaient à ne pas nous dévisager ; les autres, comme si Léo s'était autoproclamée universellement regardable, la toisaient sans complexe. J'en ai vu un qui, comiquement, a raté sa bouche en essayant de boire. Mais ce n'était pas le seul qui aurait eu besoin d'un bavoir. J'ai vu quelqu'un qui avait fini de scier ses lasagnes et commençait clairement à attaquer l'assiette. J'ai vu Lola, la présidente de l'assoc' féministe, furibonde, et je l'imaginais assassiner doucement Léo en pensée, la couper en rondelles et la donner à manger à une jeune chienne, devant le grand brasier d'une pile de soutiens-gorge. Je voyais tout ça et je me disais avec détachement : *Il leur en faut bien peu.*

Iseult, assise et sans déjeuner, était d'une blancheur de cire, appuyée contre son carton à dessins vert et noir. Je lui ai tendu un verre d'eau qu'elle a bu en faisant une tête toute comprimée, on aurait dit que c'était de l'acide qu'elle avalait. Ensuite, je lui ai apporté un pain rond et elle a mordu dedans comme un loup. Ses mâchoires jouaient du piston sous sa peau livide.

Pendant que Léo s'en allait passer au micro-ondes ses lasagnes – décrétées trop froides –, j'ai fait la conversation à Iseult, mais elle n'était pas loquace.

– Ça va ? T'as fait quoi, le reste de la matinée ?

– Des dessins.

– Ah ! Super. Où ça ?

– Par-ci par-là.

– Et ensuite t'as eu arts pla ?

– Oui.

– La prof, elle a aimé ?

J'avais l'impression de faire la conversation à une gamine de maternelle. Qu'est-ce que t'as dessiné ? Un petit navion ? Elle n'a pas répondu – un mec de terminale s'était campé devant nous avec son plateau et il l'alpaguait :

– Sympa la vidéo, meuf ! T'en as pas d'autres ?

Iseult a fermé les yeux.

– C'est pas elle, ai-je dit stupidement. C'est sa sœur.

Sa sœur, justement, revenait vers notre table avec son plat fumant. Le mec de terminale l'a dévisagée, et puis il a glissé à Iseult avec un clin d'œil :

– Ben j'aurais rien contre que t'en fasses une aussi ! Ou alors les deux ensemble…

Ensuite il est parti. Iseult n'a pas rouvert les yeux.

– Qu'est-ce qu'il voulait ? a demandé Léo en s'asseyant.

– Faire chier le monde, j'ai répondu.

– Ça m'étonne pas, il est trop con ce type, a dit Léo. Tu sais, c'est le mec qui m'avait collée à la soirée de Louise, je t'avais raconté. Le mec qui a retapé.

– Ah, c'est lui ? Le mec qui a son permis ?

– Oui, le mec qui a une Mini.

– Ah, c'est pour ça qu'il est con, j'ai conclu.

Léo s'est retournée, a contemplé un instant l'assemblée mouvante et jacassante dont beaucoup de têtes étaient orientées vers elle, et elle a constaté, sibylline :

– Des jeux du cirque.

Elle a vérifié son âge dans son verre – 24, moi ce jour-là j'avais 12, Iseult n'avait pas d'âge car ce n'était pas un Duralex, c'était un des nouveaux verres où on ne peut plus jouer, ceux qui se cassent trop facilement – et puis elle s'est mise à manger, et enfin elle a remarqué sa sœur de cire.

– Mais Iseult, c'est quoi cette affaire ? T'as du mascara plein les joues !

Iseult a ouvert des yeux médusés, mais déjà Léo farfouillait dans son sac, investie d'une mission nouvelle. Elle a sorti sa petite trousse à maquillage – Marc Jacobs, Tim la lui avait rapportée de New York –, une super jolie trousse dont l'intérieur noir était tout poussiéreux de paillettes colorées et de *glitter*. Ça sentait Léo.

Elle s'est penchée au-dessus de la table avec une lingette et a effacé les traînées de mascara sur les joues d'une Iseult impeccablement immobile. Elle chuchotait, mécanique, « Attends », « Trois secondes », « Bouge pas », mais en fait elle aurait tout aussi bien pu dire ça à une poupée. Puis elle a débouché un tube de mascara, a doucement brossé les sourcils d'Iseult, effleuré le haut d'un bâton de rouge à lèvres et frotté les joues d'Iseult avec.

Iseult se laissait peindre.

Là, je me suis aperçu qu'il y avait comme un silence. Le tzing clang des couverts et des verres s'était interrompu. Tout le monde regardait.

J'ai marmonné :

– Putain, ils sont relous, quand même.

Je me suis tournée vers un minuscule sixième qui ouvrait des yeux aussi grands que la pomme qu'il essayait de croquer.

– Tu veux ma photo ?

Il a baissé les yeux en marmonnant :

– Non madame.

Satisfaite de cet accès de puissance, j'ai déclaré à la ronde :

– Ça va, vous voyez tous assez bien, d'où vous êtes assis ? Vous voulez pas des jumelles pendant que vous y êtes ?

– Ah ben si, avec plaisir ! a ricané quelqu'un au loin. Ces deux-là, ce serait pas mal !

J'ai rougi en m'apercevant du jeu de mots involontaire, et j'ai rectifié mollement :

– Enfin, ou alors une loupe.

Léo avait fini. Elle a refermé sa trousse Marc Jacobs avec un *zip* décidé.

Iseult a refermé les yeux.

Huit longues lignes de mascara tout frais ont aussitôt dévalé ses joues comme des griffures.

– Ah ben zut, t'as tout redégueulassé ! a râlé Léo. Pourquoi tu pleures ?

Mais Iseult ne pleurait pas vraiment, c'était juste de l'eau agglutinée dans ses paupières par la colère. Ça suintait comme d'un mur. Mais le truc cool, c'est qu'elle avait un peu l'air d'une star de la scène punk-goth, avec ses traînées noires sur les joues. Ce n'était pas comme ça qu'elle allait passer inaperçue ! Je commençais à me dire que peut-être qu'elle aimait bien passer aperçue, en fait. Elle a haussé les épaules et elle a dit amèrement :

– Au moins, on ne risque plus de nous confondre.

– Je sais ce qui t'embête, a soupiré Léo en levant les yeux au ciel. Je le vois bien. T'as l'impression que c'est ton corps et donc t'as l'impression que c'est « ta faute ». Mais arrête de faire ta prima donna, c'est pas plus ton corps que celui de n'importe quelle autre fille du lycée ! Tout ne tourne pas toujours autour de toi, tu sais.

Iseult, l'air effaré, m'a prise à témoin :

– T'as entendu ce qu'elle vient de dire ?

Moi :

– Ben oui, j'ai des oreilles.

Iseult :

– Et tu trouves ça normal ?

Moi :

– Ça ne me regarde pas, vos histoires.

Les phalanges d'Iseult sur son carton à dessins étaient livides et ses doigts noueux comme des racines. Elle s'est de nouveau adressée à moi :

– Je peux te parler une seconde ?

– Oui, vas-y.

– Non, dehors.

– Pourquoi pas ici ?

– Tout le monde nous regarde, ici.

J'ai dit :

– Dehors aussi.

Léo entamait son dessert, une île flottante mal cuite ; un filin de blanc d'œuf comme un glaviot pendait de sa cuillère. Iseult, de l'autre côté de la table, a murmuré quelque chose que j'ai alors compris comme « Je te mangerai » – mais maintenant, si je me passe la scène en replay, je suis presque sûre qu'elle disait : « vengerai ». Elle m'a dit :

– T'en as pas marre ? Ça fait des années que t'es collée à Léo.

– Coléaléo, j'ai répété sans raison valable.

– Tu m'écoutes ou quoi ? elle a demandé.

– Ékoutoukoi, j'ai articulé.

Je disais à ma bouche *tais-toi arrête de faire l'idiote* – mais ce n'était pas de ma faute non plus si tout ce que racontait Iseult était vaguement rigolo ! Tout ça avait aussi peu d'importance qu'une chansonnette ou un jeu de mots ou, je ne sais pas, une contrepèterie… En plus j'étais distraite parce que Léo en était à sa dernière bouchée de crème anglaise et suçait sa cuillère gluante avec des lèvres comme des limaçons. Iseult, derrière le mur de son carton à dessins qui lui faisait un corps géométrique de Monsieur-Madame, disait des choses comme « T'as vraiment un problème, tu sais » et « Pourquoi tu m'écoutes pas ? » et « On pourrait se parler sérieusement, juste une fois ? », et moi tout ce que je trouvais à répondre c'était « Allô Houston, nous avons un problème » d'un ton nasillard, et puis des répliques en vrac de comédies débiles et de sketchs, tout en gardant un œil sur Léo qui buvait son verre de 24 ans en laissant sur le bord une empreinte joliment visqueuse de crème anglaise et de gloss.

Pendant tout ce temps, comme un parent qui a emmené son enfant au cirque et s'ennuie en regardant les clowns, Iseult me regardait faire mes imitations, mais je suis tombée en rade de répliques quand elle a arrêté de me tendre la perche, et c'est à ce moment-là qu'elle s'est levée et qu'elle a déclaré :

– OK. Je me tire, j'ai des maths à finir.

J'ai lâché, épuisée d'humour :

– Matafinir.

On l'a vue disparaître dans les escaliers avec son carton à dessins en armure. Aussitôt, Léo a levé le pouce de la victoire comme un empereur, comme un enfant, comme un singe.

Comme un singe, oui, comme un singe – je ne sais pas pourquoi j'ai repensé au singe à ce moment-là en particulier, bien avant de le revoir de manière si inopinée, par la suite. L'histoire du singe, c'était une anecdote d'amitié comme il y en a mille. Sauf que certaines de ces anecdotes – pourquoi celles-ci plutôt que d'autres ? – resurgissent en faisant un esclandre quand on ne s'y attend pas.

Au tout début, quand j'allais chez Léo et Iseult, je chipais toujours quelque chose. Un chouchou, une pile déchargée, un trombone, un stylo, un échantillon de parfum, n'importe quoi. Une vraie pie voleuse. Je ne faisais ça nulle part ailleurs, mais chez les sœurs Gauthier, je ne sais pas pourquoi, c'était une compulsion. Je disais que j'allais aux toilettes, et une fois à l'intérieur de la salle de bains je piochais quelque chose dans la trousse de toilette de Léo et je le cachais dans ma culotte ou ma chaussette et je repartais avec. Ou je me faisais des frayeurs : j'attendais que les deux sœurs détournent leur regard en même temps quand on était dans leur chambre, et hop ! j'attrapais un truc sur le bureau ou sur le lit, un marque-pages, une barrette, un taille-crayon.

Ensuite j'emportais mon butin du jour chez moi. Je le sortais de ma poche, je le regardais deux minutes et je le jetais soigneusement dans la poubelle connectée au vide-ordures de l'immeuble, tout là-bas au fond dans le trou noir.

Un jour – le tout dernier jour de ma kleptomanie amicale, en fait – il est arrivé quelque chose d'odieux. J'avais volé le petit singe en peluche de Léo. Un Kiki tout moche qui suçait son pouce en caoutchouc. Je n'avais pas compris qu'il était très important parce que sa marraine le lui avait offert – celle qu'elle appelait sa « gentille marraine », celle qui était morte dans un accident de ski à Morzine.

Hop dans ma poche, hop dans la poubelle.

Le lendemain, à peu près à l'heure du camion à ordures, appel de Léo. Inconsolable.

Elle l'a cherché partout, elle a retourné toute sa chambre. Elle a mobilisé toute la famille – et moi. On a quadrillé le terrain, mais bien sûr on ne l'a jamais retrouvé. Léo nous faisait une musique de sanglots déchirants, compulsifs, comme expulsés des profondeurs de son ventre. Dans son cadre-photo décoré de dauphins en plastique, le visage souriant et jeune de sa marraine nous observait, avec Léo toute heureuse dans ses bras, toute innocente, à Marineland.

Deux semaines plus tard, j'ai racheté sur eBay un Kiki presque identique. Je l'ai empaqueté joliment et je l'ai offert à Léo. Elle m'a dit que j'étais la meilleure amie du monde et que lorsqu'elle aurait retrouvé l'autre Kiki, ils seraient les meilleurs amis du monde. C'était donc tout bénéf' pour moi, puisqu'on ne retrouverait jamais le premier et que du coup c'était mon cadeau qui trônerait pour toujours sur l'oreiller de Léo. Comme j'avais onze ans et une propension aux rêveries surréalistes et auto-flagellantes, j'avais évidemment très peur qu'un jour, un éboueur vienne frapper à la porte des Gauthier en disant *Il est bien à vous ce petit singe ? Je l'ai retrouvé dans la poubelle de l'immeuble de votre copine, j'ai fait des analyses ADN et je suis remonté jusqu'à vous.*

Pendant quelques mois je n'en ai pas dormi de la nuit, pire que les terreurs de la Hache Quatre, et ça m'a complètement empêchée de recommencer à voler des trucs dans la chambre des filles. Ensuite, quand l'angoisse est passée, je n'avais plus la motivation, donc plus rien n'a jamais disparu de chez les Gauthier.

Sauf qu'en fait, si. Quelque chose a disparu, plus tard. Le petit singe que je lui avais offert – la copie conforme. Un jour, en pleine époque « idylle » de Léo et Tim, je suis arrivée et il n'était plus sur le lit.

– Il est où ? ai-je demandé. Il est où, le Kiki ?

Léo a eu l'air gêné :

– Ben écoute, j'ai un peu débarrassé ma chambre des trucs de gamins, mais t'inquiète, je l'ai mis dans un tiroir.

Elle a ouvert le tiroir, il y avait en effet la peluche, ainsi qu'un vieux téléphone portable, un cadre photo numérique cassé, des chargeurs aux câbles tout emmêlés les uns aux autres, des tickets de cinéma, des photos : un cimetière des années collège.

Je n'ai été ni vexée ni déçue. Je savais qui était responsable : Tim, le nouvel envahisseur du matelas de Léo. C'était lui qui avait chassé le singe du lit et l'avait enfermé dans le tiroir. Il y avait un côté freudien qui me plaisait assez : j'aimais bien l'idée que le singe lui avait semblé être une menace, un jugement, un obstacle. J'imaginais Tim jaloux et effrayé. C'était comme un conte folklorique pour lequel j'aurais fourni l'entité maléfique, le totem tueur de libido.

Et bien sûr, je savais aussi qu'il ne suffisait pas de l'enfermer dans un tiroir pour en supprimer les effets ; qu'enterrée là sous les monceaux de vie pré-Tim, ma petite peluche au sourire triomphant et au pouce levé se vengerait magiquement de celui qui l'avait viré du lit. Normal qu'ensuite Léo ait fini par le virer, lui. Je ne m'étais pas douté qu'il aurait une *autre* vengeance après ; mais on ne peut pas tout prévoir, avec ce genre de procédé pseudo-vaudou.

Un autre jour j'avais ouvert le tiroir par erreur en cherchant un DVD que Léo voulait regarder : cette fois, le Kiki n'était plus là du tout. Je n'ai pas posé de question.

Ces objets-là, de toute façon, réapparaissent toujours aux endroits les plus inattendus, du fond du fond d'un trou de mémoire, des abysses d'un sac quand on embrasse quelqu'un juste pour voir – pour voir ce que ça donne.

Mais je digresse.

Dites-le avec des fleurs !

Monsieur et Madame Gauthier,

Bien que nous sachions qu'il n'effacera en rien la faute d'une malveillance extrême commise par notre fils Timothée, veuillez accepter ce bouquet de fleurs comme l'expression de notre consternation la plus profonde et de nos plus sincères excuses.

Nous sommes, comme vous, outrés et stupéfaits de cet acte qui ne correspond en rien à l'image que nous avons de Timothée. Croyez bien que ce n'est pas ainsi que nous l'avons éduqué. Nous soupçonnons une influence néfaste très forte de la part de ses deux camarades, même si cela ne constitue pas une justification en soi. Nous avons entendu dire que l'un d'entre eux était déjà passé en conseil de discipline, et l'autre semble en voie de redoublement. Il va sans dire que Timothée, que nous avons vu très affaibli après que Léopoldine a rompu avec lui, était une proie idéale pour ces deux individus.

Toutes nos pensées sont avec vous et votre famille en ces moments que nous imaginons être extraordinairement éprouvants.

Avec toute notre amitié et notre sympathie,

Claude et Marie-Ange Lentilleux

Florexpress   *livraison 24h sur24*

XVIII.

On avait une heure de trou après la cantine.

— Tu y es presque, Léo ! me suis-je exclamée quand on est remontées à la surface. Plus qu'un après-midi et t'as gagné !

Songeuse, elle a marmonné :

— Je me demande où il est, Aurélien. Je me demande ce qu'il pense de tout ça. Pourquoi il n'est pas venu me défendre, tout à l'heure en physique ? Ça se fait pas de rester assis la tête dans les mains quand ta copine se fait insulter !

— J'étais là pour te défendre, il a bien vu. Et puis il fait pas le poids. Et puis toute façon t'as pas besoin de défense, c'est quoi cette philosophie ? On est dans l'attaque, là, on est dans la bagarre !

— Je pense que je le dégoûte pas mal, maintenant, a dit Léo.

— Si c'est comme ça qu'il réagit, tu perds ton temps avec lui.

– Je pense que je dégoûte pas mal tout le monde, a-t-elle ajouté avec une sorte de curiosité.

– Pas moi, ai-je murmuré en lui prenant le bras. Moi je sais bien qu'il n'y a pas à avoir honte.

Elle m'a dévisagée un instant, en fronçant les sourcils. J'ai cru qu'elle allait révéler quelque chose de très profond, de très intime, mais elle a simplement dit :

– Tu peux appeler mes parents ?

– Hein ?

– Ils n'ont pas arrêté d'essayer de me joindre. Tu peux leur raconter que tout va bien, leur expliquer qu'il n'y a pas de raison d'avoir honte, tout ça ?

J'ai dit oui bien sûr, je me sentais honorée. Elle m'a tendu son téléphone où elle avait déjà cliqué sur *Appeler Maman*, et on voyait sur l'écran le visage rieur de Madame Gauthier avec des lunettes de soleil et son brushing impec. Sa voix affolée a retenti après seulement une sonnerie :

– Léopoldine ? Mais enfin, tu étais où ? Ça va ?

– C'est pas Léopoldine. C'est…

Elle m'a interrompue :

– Ah, c'est toi ! Qu'est-ce qui se passe ? Tu es avec Léopoldine et Iseult ?

– Oui et non, enfin, non, pas avec Iseult, mais oui, avec Léopoldine.

– Qu'est-ce qu'elle a ? Pourquoi elle ne peut pas me répondre ? Il lui est arrivé quelque chose ?

– Mais non, rien, il ne lui est rien arrivé, ça roule. On vient d'aller déjeuner, là.

– Elle est avec toi ? Tu peux me la passer ?

– Non, elle… ne veut pas vous parler. Enfin, pas tout de suite. Écoutez, elle va bien, elle doit rester au lycée tout aujourd'hui parce que c'est le seul moyen qu'elle surmonte cette épreuve psychologiquement, enfin, c'est ce qu'a dit l'infirmière. Bref, donc voilà. Voili voilou. C'est tout.

– Comment ça, « c'est tout » ? Mais elle est dans quel état ?

– Oh, normal. Enfin non, pas *normal*, mais ça va. Elle prend très bien la chose. Vous savez comme elle est, c'est une battante. La bave du crapaud n'atteint pas la blanche colombe. Les chiens aboient, la caravane passe… euh…

Léo a levé les yeux au ciel. Puis elle a articulé silencieusement : « Pas une honte ! »

– Ah oui, ai-je repris, oui : Madame Gauthier ? Donc un truc important, c'est qu'il faut bien voir que c'est pas une honte. À la base, Léo était amoureuse de Tim, enfin ils étaient ensemble, quoi, donc elle pensait que ça n'allait jamais sortir, ces images-là. Ensuite, bon, ça s'est fait comme ça s'est fait, mais elle le prend avec philosophie, tout ça. Après tout, c'est vraiment naturel, il n'y a rien de honteux, enfin bref, ça va, quoi.

– Tu es *sûre* ? a insisté Madame Gauthier. Tu es *sûre*
qu'elle va bien ?

– Mais oui ! Nickel.

Un silence. Puis, pour la deuxième fois de la journée, j'ai entendu :

– Tu ne la lâches pas d'une semelle, d'accord ?

– Non non, ai-je rigolé, mais ne vous inquiétez pas,
elle est pas du tout suicidaire ou quoi. Elle est comba-
tive et tout, elle prend ça beaucoup mieux que n'importe
qui, elle est hyper zen.

En fait de zénitude, Léo était en plein concert de
claquements de langue agacés et soupirait à en déra-
ciner tout le lycée.

– Bon, a dit sa mère. D'accord. Mais je... Enfin,
j'aurais bien voulu lui parler... Bon, écoute, dis-lui
que personne évidemment n'a regardé... Enfin, on
a beau trouver ça difficile à comprendre, on...
Dis-lui que personne ne la tient pour responsable...
Dis-lui qu'on s'en veut de ne pas avoir discuté de
ce genre de choses avec nos enfants... Dis-lui qu'en
tant que gynécologue, j'aurais dû... Oh, je suis sûre
que tu trouveras d'autres choses à lui dire. Dis-lui
qu'on est rassurés d'entendre qu'elle... euh...
qu'elle va bien. Mais quand même, devant un téléphone portable ?... Dis-lui qu'on la verra ce soir. Et
qu'elle n'est pas obligée d'en parler. Voilà, oui : *on
n'en parlera pas*, d'accord ?

– OK-dac. Elle vous dit bonjour et bisous.

– De même, a-t-elle répondu faiblement. De même.
À bientôt. Merci pour le coup de fil.

– De rien ! À bientôt, Madame Gauthier.

J'ai raccroché. Léo semblait lasse, ou bien agacée.
Je l'ai interrogée du regard.

– T'aurais pas pu prendre une voix un peu plus natu-
relle ? a-t-elle grogné. Elle a dû croire que tu t'étais fumé
un joint tellement t'avais l'air contente.

– Je croyais que tu voulais que je la rassure !

– Oui, OK, mais à t'entendre on aurait dit que c'était
le plus beau jour de ma vie ! Elle va croire que je vais
devenir actrice porno.

On a marché en silence vers l'escalier des Prophètes.
J'étais blessée, évidemment, mais aussi furieuse contre
moi-même.

– C'était pas si mal, quand même, ai-je murmuré.
Ça l'a calmée.

– Oui oui, a dit Léo. C'est bien.

J'ai compris qu'elle essayait de me pacifier comme
j'avais essayé de pacifier sa mère. Mais en fait, avec
le recul, je crois que ça la faisait plutôt marrer.

Et en vérité, avec le recul – même maintenant, même
dans ce couloir d'hôpital, même avec l'écrasement igno-
ble de l'angoisse –, de voir Madame Gauthier Gynécologue Obstétricienne, si propre sur elle avec son carré

Hermès autour du cou, et d'imaginer sa carrière avec ses centaines de vagins examinés, ses milliers de seins palpés, ses myriades de petits sachets en plastique expédiés pour analyse avec dedans des cellules arrachées aux ventres, de l'imaginer triturant et inspectant ces chairs molles pour y traquer les mycoses, les kystes et les tumeurs, oui, de l'imaginer prescrivant des kilos de pilules à des dizaines de jeunes ados, sans se dire une seule fois qu'elle aurait peut-être dû demander à ses grandes jumelles si elles couchaient déjà, sans penser une seule fois qu'il était possible qu'elles aient autant besoin de pilule, de frottis, d'échographies, de palpations et de crème antifongique que le reste de ses clientes – d'imaginer tout ça, ça me fait rire aussi au milieu de tous les pleurs.

Je rigole donc en prenant l'autre endormie à témoin, avec son doudou au pouce levé serré contre elle, je lui dis : « Tu trouves pas que les adultes sont franchement à côté de la plaque ? »...

... mais elle reste triste comme les pierres ; ils n'ont aucun humour, ces gens qu'on nourrit par le truchement d'une aiguille.

Pour cacher mon agacement, j'ai doublé Léo dans l'escalier des Prophètes, aux marches toute polies par des décennies de Converse et de bottines à talons lui passant sur le corps. La Vierge à l'enfant, en haut de l'escalier, nous toisait benoîtement ; c'était très ironique. Les prophètes prophétisaient je ne sais quoi. S'ils murmuraient des choses sur notre passage, on ne les entendait pas.

On a continué notre ascension jusqu'au sommet, la coupole transpercée de lumière et l'immense rotonde d'où fusent deux longues bibliothèques aux livres enfermés derrière de fins grillages, et la longue salle de contrôle où une classe de prépa était en train de bûcher, sans doute, sur une dissertation de cinq heures.

Devant le CDI, on est tombées sur une poignée de hippies de terminale, avec des pantalons qui balayaient la poussière et des yeux de hibou. Ils nous ont considérées en ouvrant des sourires vrais ; l'une des filles s'est même avancée pour prendre Léo dans les bras en proclamant :

– T'as raison, ma sœur, t'as raison. Faut s'éclater, on perd trop notre temps pour des trucs sans importance… Faut se faire plaisir et faut le dire à tout le monde !

Tous les autres sont venus l'embrasser aussi, Léo ne savait plus où se mettre, c'était hilarant. Ils sont partis en flottant comme des fantômes et j'ai déclaré :

– Au moins maintenant, t'es la meilleure pote des Peace and Love !

– Oui, génial, a bougonné Léo. Quand ils vivront tous dans une grande maison en carton et que j'aurai été recalée à tous mes concours à cause d'une recherche Google côté examinateurs, je pourrai venir mendier une place pour mon sac de couchage.

On est entrées dans le CDI. J'ai accidentellement levé les yeux vers le plafond en chapeau-cloche, et je l'ai accidentellement *revu*, ce plafond – sa coupole aveuglante de lumière, ensanglantant mon champ de vision de larges taches carmin, ses fresques aux couleurs déchiquetées par le temps, hurlantes de dorures, sa tournoyante circularité.

C'est un moment comme il y en a peu dans nos vies : un *ressaisissement*. On s'habitue trop vite à traîner tous les jours dans un bâtiment qui ressemble à un château. Le mot *lycée* et le vocabulaire éducatif qui l'accompagne viennent masquer l'architecture grandiose et ses détails ciselés par l'histoire et, au bout de quelques semaines à peine, on oublie de contempler les pierres criblées de minuscules coquillages fossiles, les demi-disques de lumière découpés à l'ombre des couloirs d'un cloître, les peintures mangées, les longs pavés qui débordent de leurs jointures... Tout ça devient normal, banal, baigné d'angoisses scolaires. Ce n'est que lorsqu'il neige, par exemple, qu'on réapprend à remarquer les bustes des statues grâce à leurs nouveaux bonnets blancs ; ou, une fois par an, quand les cerisiers dans la cour s'alourdissent de fleurs roses ; ou encore quand les nouveaux élèves

débarquent à la rentrée et qu'on aperçoit un regard
qui se pose sur un bord de fenêtre ornementé.

Ce n'est que là qu'on se souvient du privilège.

Et c'est tellement bref, on en tire en fait assez peu
d'enseignement.

XIX

Au CDI, il y avait une notable absence d'Aurélien. Sa place habituelle au coin de la table du fond, sous la douche de lumière, était vide.

– Tu crois qu'il est où ? ai-je demandé à Léo.

– Chépa. Peut-être avec Iseult, vu qu'elle a aussi disparu. Et Tim, tant qu'on y est.

– Tim ?

– En physique ce matin, il s'est barré au milieu du cours, t'as pas vu ?

Ça m'est revenu, en effet – mais la réponse concernant Tim est arrivée sous la forme de Tim lui-même, escorté de Benjamin et de Renzo, qui sont entrés dans le CDI en jacassant à voix basse. Ils se sont approchés de nous, sans nous remarquer je crois, et on a entendu qu'ils parlaient de jeux vidéo. Ils avaient dû passer le reste de la pause déjeuner à faire des jeux en réseau, c'était leur grande passion, même si Tim avait un peu

freiné en commençant à sortir avec Léo, qui n'approu-
vait pas le dégommage irréfléchi d'aliens en pixels pendant des heures d'affilée dans une salle sentant les frites.
Léo, elle, l'emmenait au musée, au théâtre, se baladait
dans les rues avec lui. Et voilà que sans elle, il replon-
geait déjà dans ses images criardes, avec son casque sur
les oreilles. Mais je ne lui jette pas la pierre, on a tous
nos hobbies, pour évacuer un peu la pression.

Léo a étendu la main et attrapé celle de Tim, ballante,
au passage. Ça m'a étonnée, au sens étymologique du
terme : un coup de tonnerre.

Tim s'est retourné et Léo s'est levée. Ils se sont
campés l'un en face de l'autre, beaux et droits et le
visage sec, et je me suis prise à imaginer un ballot
de foin rouler au loin derrière eux et une musique
à la guimbarde en fond sonore. Ils étaient impec,
dans ce décor.

C'était quand même le CDI, il fallait être silencieux
alors tout leur duel s'est déroulé en murmures, sous
l'œil suspicieux de la bibliothécaire, de Ben et
Renzo, et de tout le reste du monde qui n'arrivait plus
du tout à se concentrer sur les livres.

Sauf qu'ils n'entendaient rien, tous ceux-là, puisque Léo
et Tim murmuraient. J'étais seule à les entendre.

– Explique-toi, a dit Léo.

– Y a pas d'explication.

– Il y a toujours une explication.

– Ben non, qu'est-ce que tu veux que je te dise ? Ça t'arrive pas, à toi, de faire des trucs sans réfléchir ?

– Si, maintenant que tu le dis. Comme sortir avec toi.

– Ah, on va sur ce terrain-là ? Tu veux que je te dise tout le bien que je pense de toi ? Tu veux que je te dise ce que je pense d'une meuf qui allume son mec par écrans interposés tout en allumant un autre mec quand le premier a le dos tourné ?

– J'ai allumé personne. Tu rêves. C'était des siècles avant que je rencontre Aurélien.

– C'est bon, je m'en fous. J'ai pas envie d'en parler.

– Tu regrettes même pas ?

– Non. J'en ai rien à foutre. En plus c'était même pas moi.

– C'était pas toi, genre ! C'était qui, alors ?

– Je l'ai montrée à des potes, c'est eux qui l'ont fait circuler.

– Je te donne des images de moi, tu les montres à tes potes ?

– J'étais bourré ! Et de toute façon, qu'est-ce qu'on en a à foutre ? C'est toi qui as décidé de plus être avec moi. J'en fais ce que je veux, de tes images.

– Elles sont partout sur Internet.

– Je sais.

– Tout le monde les a vues.

– Je sais.

– Et ça te fait rien ?

– Non.

– Tu sais ce que je pourrais faire circuler sur toi ?
Une hésitation. Puis :

– Non.

– Je pourrais faire circuler des trucs.

– Ah bon, comme quoi ? Vas-y ?

– Je vais pas m'abaisser à ton niveau.

– Mais non, vas-y, ça m'intéresse. T'as une photo de moi à poil, oui, tu dois bien en avoir. C'est ça que tu veux faire circuler ?

– Pourquoi pas, oui.

– Ben vas-y, fais tourner, y a pas de problème. Tu crois que j'ai honte de mon corps ? T'inquiète, meuf, j'ai pas de raison d'avoir honte. Tu fais tourner ça avec mon numéro de portable, steuplé, ça me rendrait service.

– T'es vraiment un gros con. Mais je pourrais aussi dire d'autres choses.

– Ah ouais ? Comme quoi ?

– Comme…

– Eh ben quoi ? T'as des trucs à lâcher ou pas ? C'est dur, hein, quand l'autre a rien fait de mal, c'est dur de trouver des trucs à dire ! Vas-y, essaie.

Léo a pris son temps en regardant ses ongles, puis les gens autour qui tendaient l'oreille, puis la place vide d'Aurélien dans la lumière. Puis elle a soufflé :

– Comme notre première fois toute pourrie. Ou tes problèmes de performance. Ou ta rapidité légendaire.

La mâchoire de Tim s'est enclenchée, on a vu les os
jouer sous la peau de ses joues.

– Ben oui, a continué Léo. Faudra bien expliquer
pourquoi j'avais besoin de faire ça, devant la caméra
ou non… Clairement, j'avais pas ce qu'il fallait à la
maison !

– J'étais même pas « à la maison ».

– T'expliqueras ça en commentaire de mon commentaire sur YouTube.

– Oui, je dirai que t'es une putain de menteuse en
plus d'une nympho et d'une pouffe !

Le mot *pouffe* a éclaté comme une bulle, faisant vaciller quelques regards dans l'assemblée. Léo, elle, n'a
pas vacillé, ni même cillé, elle s'est replantée sur ses
deux jambes, a sorti sa main de sa poche avec l'index
levé comme un canon de flingue, elle a souri, et puis
elle a conclu :

– T'inquiète. Je te taquine. Contrairement à toi, ça
ne me traverserait pas l'esprit de me venger de cette
manière.

– Je sais, a répondu Tim. T'es trop lâche.

– Appelle ça comme tu veux. De toute façon, j'ai
aucune raison d'être en colère. Je ne t'en veux pas du
tout, Tim. Je comprends ta frustration. Je te plains un
peu, c'est tout. Mais je ne suis pas rancunière. J'ai tout

ce qu'il me faut maintenant, avec Aurélien. Vingt minutes au lieu de deux, et une réussite à chaque fois. C'est bien de trouver quelqu'un qui sache vraiment ce qu'il fait. Bref. Je retourne à ma version de latin. À plus tard.

Elle s'est rassise, ignorant royalement le toussotement agacé de la bibliothécaire. J'étais sur le point de lui essuyer le front avec sa pachmina rose, comme un entraîneur de boxe, mais j'ai jeté un coup d'œil à Tim, par inadvertance – et je l'ai vu, ectoplasmique et décomposé et traversé d'une tristesse et d'une horreur tellement intenses que j'ai soudain été frappée d'une violente empathie. *Il a perdu Léo.* La réalité obscène de cette phrase, que j'avais jusque-là eue en tête sans véritablement la comprendre, m'a laissée pantelante. *Il a perdu Léo.* J'en avais le cerveau qui tintinnabulait. Tout à coup j'étais prête à tout lui pardonner : la vidéo, l'email, le faux air bravache. Évidemment qu'il avait dû faire tout ça, évidemment ! Il a perdu Léo, il n'a donc rien d'autre à perdre.

Et elle qui était là à remuer le couteau dans la plaie sans se rendre compte de la profondeur de la blessure, avec ses persiflages mensongers sur un garçon qu'elle n'avait même pas encore dépucelé et qui allait sans doute s'avérer aussi nul que Tim – je me disais avec emphase que si elle était si dure, Léo, c'était parce qu'elle ne pouvait pas savoir ce que ça faisait de la perdre, *elle*, puisqu'elle

n'avait jamais eu aucune conscience de sa propre
valeur… C'était *la chute*, pour Tim, la fin de tout. Sans
compter qu'il avait aussi perdu le soutien de Monsieur
Rouleau et son passage en première S. Il était fini, il n'avait
plus qu'à attendre qu'un rapace vienne lui picorer les yeux
ou le cœur comme ils font aux damnés.

— Je vais aux toilettes, ai-je prétexté pour pouvoir sortir une minute.

Mais en fait je n'avais pas d'autre but que de prendre
l'air, un peu, dans le lycée. Je me suis promenée dans les
couloirs du premier étage. Il y avait dehors un ciel hui-
leux avec quelques nuages imbibés de pluie. Je pensais
à ma version latine, à une double négative à la con que
je n'avais pas réussi à élucider. D'un côté, les fenêtres dont
la lumière venait rayer l'étroit couloir ; de l'autre, les salles
de classe d'où s'échappait le ronron des cours.

Sauf une d'où ne s'échappait aucun bruit.

Un jour, avec Léo, on était venues se cacher dans
cette classe-là pour fumer une cigarette.

C'était la première fois pour moi, pas pour elle ; elle
a eu toute une phase où elle crapotait parce qu'accrocher une cigarette à ses doigts longilignes ajoutait à son
style, et la distinguait encore d'Iseult dont, disait-elle,
aucun vice ne dépassait. Léo m'avait confié ce jour-là
que si Iseult savait qu'on était là à fumer, elle nous parlerait de cancer au lieu de nous parler de liberté, c'était
ça son problème à Iseult.

La cigarette, une Marlboro au filtre caramel, avait un goût de framboise artificiel, car elle était cerclée d'un dépôt rose du gloss à lèvres de Léo. On était en quatrième, je crois – squatter dans les locaux du lycée constituait déjà un crime, y fumer en augmentait radicalement la gravité, y goûter au gloss de Léo outrepassait toutes les limites. Je ne sais pas si c'était la fumée ou la framboise, toutes deux dégoûtantes, qui me remplissaient la tête d'une euphorie aussi éclatante, poudreuse et fraîche comme une bruine.

En ressortant on était tombées sur Iseult dans la cour, qui nous avait humées et avait conclu qu'on avait fumé – Léo lui avait fait promettre de ne rien dire, Iseult avait répondu qu'elle s'en foutait, mais que Léo avait décidément *une mauvaise influence sur moi*. Elle n'avait pas parlé de cancer, donc, juste de moi ; elle s'était focalisée sur moi. Ça m'avait agacée parce que ce n'était pas une *influence*, j'avais choisi d'être avec Léo et il faut respecter les choix des gens. Par exemple, là, maintenant, c'est moi qui ai choisi d'être ici, enchaînée à ce lit-là, à veiller cette personne-là, même si je n'en tirerai sans doute rien d'humain ni d'utile ; c'est une servilité qui va de pair avec l'amitié et qui est donc forcément libre.

Enfin, je crois.

J'ai poussé la porte de la salle de classe, me disant qu'elle était vide et que je pourrais y passer un peu de temps en attendant la prochaine sonnerie.

Mais elle n'était pas vide. Au fond, il y avait quelqu'un de dos. C'était Aurélien. Il était assis sur une table. Il tenait quelque chose. Je me suis rapprochée lentement. Il avait des écouteurs dans les oreilles. Il tenait un iPhone et l'écran était plein d'images. Je me suis approchée jusqu'à ce que je voie ce qu'il regardait. J'ai arrêté de regarder comme il y avait de la chair et des draps et un rayon de soleil coupé par un bras blond et j'ai arrêté de regarder il y avait des cheveux qui tombaient rythmiquement je n'ai pas regardé j'ai arrêté de regarder c'était silencieux tout le bruit était dans les oreilles d'Aurélien je n'entendais pas je n'ai pas *regardé*.

J'ai touché par erreur l'épaule d'Aurélien et il a fait un bond comique. Il s'est levé, s'est retourné, a titubé, et enfin il a balbutié :

– Ah, c'est toi !

– Oui ! Je te cherchais.

– Tu me cherchais ?

– On te cherchait, Léo et moi, on trouvait qu'il y avait comme une absence de toi au CDI.

J'ai hurlé de rire pour qu'il comprenne bien que je n'avais pas du tout vu ce qu'il était en train de regarder.

Il a dit :

– Ah oui, j'arrive, j'arrive. J'étais en train de vérifier mes emails.

– Pas de problème, on t'attend, hein, vérifie tout ce que tu voudras.

– J'en avais juste quelques-uns, il faut que je réponde, c'est genre le service client de la Fnac qui me soûle parce qu'il y a deux mois j'ai acheté un truc, tu sais, qu'on branche ? Un truc, tu le branches à l'ordi, ça chauffe ton mug de café, tu vois ? Bref, c'est un truc de fou cette histoire ! Parce que ça a jamais marché mais je l'avais pas encore sorti de la boîte avant la fin de la garantie, et je suis là : « Mais comment j'étais censé savoir que ça allait pas marcher avant de le sortir de la boîte ? » En plus je suis client Fnac depuis la quatrième. En plus c'est pas ma Fnac habituelle, c'est celle qui est boulevard St-Germain, donc ils me connaissent pas. Du coup je te dis pas le bordel !

– Ça a l'air galère.

– C'est très galère, oui.

On a bien ri tellement ça avait l'air galère, son histoire. Ses joues et son cou avaient le ton rose orangé d'un saumon cru, il suait un peu et sa peau scintillait.

– Ah, je voulais te demander, au fait, a-t-il bifurqué. T'étais ici au collège, non ?

– Si, si.

– Comment t'as fait pour être sectorisée ici ? T'habites pas à perpète ?

– Si, mais mes grands-parents ont un café à côté d'ici alors on a donné ça comme adresse. Ça avait marché pour mon frère et ça a marché pour moi.

– Ah, d'accord.

– Oui, voilà.

– D'accord, d'accord, d'accord. Je comprends ! Et t'habites loin ?

– À trente, trente-cinq minutes en métro. C'est pas la mort.

– Où ça ?

– Près du Père-Lachaise.

– Ah ! Alors c'est un peu la mort quand même !

On a rigolé, mais rigolé !

Après on est redevenus sérieux.

– Tu crois que Léo va s'en remettre ? il a demandé, ce gentil Aurélien.

– Oui, je crois que ça va être dur mais qu'elle va s'en remettre.

– Dur, dur, oui. Mais elle va s'en remettre.

– Elle est forte ! j'ai lancé.

– Elle est très forte.

– Elle m'impressionne.

– Moi aussi, vraiment, moi aussi. C'est… impressionnant. Pas comme Iseult.

– Comment ça, pas comme Iseult ?

Il pliait bagage, réenroulant ses écouteurs autour de son iPhone et le remettant consciencieusement dans son sac. Il a lancé d'un ton badin :

– Ben, j'ai croisé Iseult tout à l'heure, elle racontait des trucs sans queue ni tête, elle a parlé de toi, elle avait

l'air un peu larguée, elle a dit qu'elle s'était engueu-
lée avec toi et Léo à la cantine.

– Oui, enfin non, c'est plutôt qu'elle disait des trucs
et j'ai répondu à côté sans faire exprès.

Aurélien a mis son sac sur les épaules et on a retraversé la classe.

– Ça arrive à tout le monde de répondre à côté. Léo
trouve qu'elle est pas tout à fait normale de toute façon,
Iseult…

– Léo t'a dit ça ?

– Oui, enfin, qu'elle est pas dangereuse mais un peu
dans son monde, tout ça. Un peu monomaniaque, un
peu solitaire. Enfin, il paraît qu'il y a toujours une jumelle
qui est à côté de la plaque, c'est normal.

– C'est juste qu'elle aime bien être toute seule, ai-je
dit. Elle aime bien être dans sa bulle et pas dérangée
par les autres.

– Oui, peut-être, mais bon – elle a eu du mal à gérer
quand t'as commencé à être copine avec Léo, apparemment ? Elle a fait des crises et tout…

Je me suis arrêtée au pas de la porte.

– Comment ça ?

– De jalousie, tout ça, tu sais ? J'imagine que Léo m'a
rien dit de plus qu'à toi !

Un petit poing glacé s'est mis à m'étrangler doucement. *Putain, si, elle t'a dit plus de choses qu'à moi,
apparemment ! Qu'est-ce que c'est que cette connerie ?* J'ai

eu comme un vertige. Et je me suis bricolé l'immense sourire indulgent de celle qui se souvient tout à coup d'une chose du fond des âges :

– Ah, *ça* ! Oh, *ça* ! Mais c'est des trucs de gamine !

– Oui, oui, des trucs de gamine. Ben, ça a l'air compliqué, vos trucs de gamine !

J'ai hoché la tête en riant et en pensant – Mais non, rien n'est compliqué, on arrête d'être meilleures amies quand une nouvelle meilleure amie arrive, c'est normal, c'est la vie, et après ? Iseult ne m'en voulait pas puisqu'elle avait la tranquillité de la pierre de roche auprès du scintillement d'une émeraude. On ne conteste pas une domination qui est évidente pour tous.

J'ai dit :

– Toute façon, j'ai anglais maintenant et elle est dans ma classe. Je lui raconterai des histoires drôles, ça la déridera.

– Oui, bonne idée.

– Et toi, tu vas voir Léo ?

– Oui, j'ai allemand avec elle.

– Dis-lui que je m'occupe de sa sœur.

– Je lui dis. Bonne chance. À nous deux, on va leur regonfler le moral. Bonne chance !

– Bonne chance !

On a fait un tope là et un check (Aurélien a eu un peu de mal, il avait pas dû faire souvent ça dans son collège en Picardie). Il est parti d'un côté du couloir et moi de l'autre. C'était une conversation d'une scintillante artificialité, mais quelles conversations ne le sont pas ?

Maintenant, dans cette chambre silencieuse, entre les bips de la machine, maintenant justement qu'elle est grise comme une pierre, je voudrais bien avoir compris Iseult plus tôt. Enfin, mieux compris. J'ai dit à ses parents que je regrettais mais en vérité je ne m'en veux pas, je n'aurais jamais pu savoir, elle ne m'avait jamais laissé rien entrevoir.

Et l'autre, Léo, elle n'aurait pas pu me parler de tout ça, au lieu de le murmurer sur l'oreiller à des mecs qui s'en foutaient ? On ne peut pas tout deviner si les gens ne se mettent pas à dire les choses clairement ! On n'est pas télépathes. On n'est pas en communication directe les uns avec les autres. Il faut parler. C'est infernal, ce silence.

Vinciane Hardelot
hallucinée de certains trucs que certaines envoient à leurs mecs… y a des filles qui cherchent les problèmes ˆˆ
il y a 09 heures

👍 J'aime   💬 Commenter

Frédéric Genovese et **9 autres personnes** aiment ça

Marguerite Levasseur Tu parles de quoi ?
Il y 09 heures - J'aime

Frédéric Genovese Haha trop
Il y 09 heures - J'aime

Vinciane Hardelot Marguerite je t'explique en MP
Il y 09 heures - J'aime

Zoé Lazozotte Lamotte Euh surtout c'est Timothée qui cherche les problèmes à envoyer des trucs comme ça à tout le monde !! loser !!
Il y 09 heures - Cassandra Vénissieux aime ça

Marguerite Levasseur ah ouais quand même O_O
Il y 09 heures - J'aime

Frédéric Genovese oui ben le loser a bien eut raison de se venger après s'être fait largué comme une merde
Il y 09 heures - Quentin Leroux et 2 autres aiment ça

Zoé Lazozotte Lamotte L'orthographe et la grammaire ça serait pas du luxe, Frédéric Genovese
Il y 09 heures - Ombelyne Fleuriot aime ça

Zoé Lazozotte Lamotte et ton argumentaire est dangereusement proche de ceux qui disent que c'est de la faute d'une fille si elle se fait violer parce qu'elle porte une minijupe
Il y 09 heures - Cassandra Vénissieux et 4 autres personnes aiment ça

Frédéric Genovese Zoé arrête de faire ton intello de mes couilles et t'inquiètes je vais pas te violée si t'es en minijupe tu donnes pas faim
Il y 09 heures - J'aime

Vinciane Hardelot Très gentleman, Frédéric…
Il y 09 heures - J'aime

Frédéric Genovese Ben quoi tu préfèrerais que je lui dises que je la violerais avec plaisir mdr
Il y 09 heures - J'aime

Romain Capri je viens de voir la vidéo mais je suis en espagnol donc pas de son mais image trèèès bonne ;)
Il y 09 heures - Frédéric Genovese et 2 autres aiment ça

Frédéric Genovese T'as vu quan
Il y 09 heures - Zoé Lazozotte Lamotte aime ça

Zoé Lazozotte Lamotte lol je précise pour le bonheur de tous que Frédéric vient de se faire confisquer son portable par la prof de maths
Il y 09 heures - Cassandra Vénissieux aime ça

XX.

La cloche a sonné alors que j'expérimentais une sorte de marche bizarre dans la cour, à suivre les fissures du bitume déchiré par les racines d'un arbre en dessous, comme si j'étais autiste. Je me racontais avec une joyeuse curiosité qu'il existait un monde vert froissant le lycée par-dessous. Dans ce monde il y a des herbes qui poussent dans les fentes, courbes et griffues comme des poils d'entre-fesses. Il y a des lèvres de mousse, pincées ou souriantes, qui plissent l'asphalte. Le sol est couturé de sillons verts, les brindilles fendillent la croûte du macadam, comment font-elles ?

Quand je suis arrivée en cours d'anglais, Monsieur Daguerre était déjà assis, les mains sur la table et les yeux mi-clos, derrière sa pile de devoirs à rendre, comme un sphinx auprès d'un obélisque. C'est un homme fondamentalement mauvais et un excellent professeur d'anglais. Il est traducteur de James

Joyce, d'Henry James, de Philip Roth. Il dit des femmes écrivains qu'il n'en existe aucune qui vaille la peine d'être traduite.

Il m'a vue et m'a lancé :

– *An early bird. Did you, perchance, get expelled from the previous class ?*

J'ai répondu :

– *No, Sir, I had a free period.*

Il a hoché la tête et s'est aussitôt remis en position sphinxique.

Je me suis assise en face de lui.

Il a dit :

– Verbe irrégulier : tondre – la pelouse.

– *Mow, mew, mown,* ai-je tenté.

– Faux. Crème d'âne !

« Crème d'âne » est l'une des insultes préférées de Monsieur Daguerre, avec « crétin des alpages » et « troglodyte ». J'ai baissé les yeux. Il a continué :

– Moudre.

– *Grind, ground, ground.*

– Tondre – un mouton.

– *Shear, sheared, shorn.*

– Surpasser.

– *Overcome, overcame, overcome.*

Il gardait les yeux mi-clos, la bouche presque fermée. J'avais envie de lui demander « Qu'est-ce qui a quatre pattes le matin, deux le midi et trois le soir ? ». Je l'imaginais surveillant les portes d'un grand temple plein de secrets. Il a conclu :

– Tout compte fait, vous n'êtes pas une irrécupérable abrutie. Vos dissertations sont d'ailleurs très passables, on peut encore y croire. Qui sait ? Si je vous garde, l'année prochaine ou celle d'après, je pourrai même vous présenter au concours général…

Sur ces entrefaites, Iseult est entrée dans la classe, avec quelques autres personnes. Monsieur Daguerre ne lui a même pas jeté un regard, mais il a continué sur sa lancée :

– … contrairement à mademoiselle Gauthier, qui ne semble pas passer le plus clair de son temps à réviser, mais plutôt à parader sur tous les réseaux sociaux à la manière de Lady Godiva.

C'était une Iseult de marbre qui lui faisait désormais face, à quelques chaises de moi. Les autres se remplissaient, doucement déplacées pour permettre à leurs occupants de ne rien rater de la tirade.

– Souvenez-vous de ce que je vous ai dit au début de l'année ! a sifflé Monsieur Daguerre. Ceci est une année charnière. C'est votre vie qui est en jeu ! *This is war, for Heaven's sake !* À partir de maintenant, vous dormez, vous mangez, vous respirez avec pour simple but d'accrocher un TB à votre diplôme du bac ! Vous vous préparez à la prépa. Je n'aurai de cesse que vous soyez normaux & supérieurs & dûment agrégés – à la rigueur, polytechniciens ou taupes. *Is that very clear ?*

Il avait aboyé la dernière phrase. Sur son très grand front, de la couleur jaunâtre des murs qui l'encadraient, suintaient des boules de sueur qui agrippaient la lumière des néons.

– *This is no time to act like a slut,* a-t-il dit à Iseult. *This is no time to show off your self-pleasuring skills for the rest of the world to enjoy. This is the time to show your parents that you are worth the energy, effort and money they've put into your education since you were born ! Their love and esteem isn't unconditional, you should know that. This is no time to be a whore, unless your career plan is to become a whore.*

Travail de version : « Monsieur Daguerre dans ses œuvres »
[Ce n'est pas le moment de jouer les salopes. Ce n'est pas le moment d'afficher au reste du monde vos aptitudes au plaisir solitaire. C'est le moment de montrer à vos parents que vous valez l'énergie, l'effort et l'argent qu'ils ont dépensés pour votre éducation depuis votre naissance. Leur amour et leur estime ne sont pas inconditionnels, vous devriez le savoir. Ce n'est pas le moment d'être une pute, à moins que votre plan de carrière soit de devenir une pute.]

(Sous-traduction de 'show off': -2 points ; non-traduction de 'to enjoy' : -3 points ; maladresse dans la deuxième phrase : -1 point ; surtraduction de 'to put' : -2 points)

Il est passé au français, pour être sûr que les trois crèmes d'âne qui ne suivaient pas dans la classe prenaient toute la mesure de ses paroles :

– En trente ans, en trente ans entre ces murs, je n'ai jamais vu ça. Je n'ai jamais vu une tripotée de crétins pareils. Vous avez un niveau que je n'attendrais pas chez des sixième ! Des obsédés sexuels et des drogués de l'écran. Génération Y, génération Z... génération X, plutôt, oui ! Je n'avais jamais vu, jusqu'à aujourd'hui, quelqu'un se vautrer devant un téléphone portable les jambes écartées, au mépris de sa vie et de son avenir. Oh, mais ce n'est pas seulement de votre faute, mes pauvres enfants ! Il y a des claques qui se perdent puisqu'on n'a plus le droit de vous dire quoi que ce soit. Votre proviseur est une femmelette qui passe son temps à lire des essais de pédagogie rédigés par des Américains. Il ne faut pas les brusquer, les petits chéris, il faut leur faire des commentaires positifs, il faut faire, comment il dit, déjà ? un « sandwich de commentaires » : positif, négatif, positif ! Encore faut-il pouvoir en trouver, du positif !

Il a pioché la première copie du lot.

– Lambert !

– Présent, a répondu Jérémie.

– Dernier, comme d'habitude.

– Ah bon ?

– Ne dites pas « Ah bon ? » comme un trisomique alors que vous savez très bien que vous êtes toujours dernier. Verbe irrégulier : devenir.

– *Be… come ? Be… came ? Be… come ?*

– Eh bien on y arrive ! Traduisez-moi la phrase : « Je ne suis jamais devenu intelligent ».

– *I… never become… intelligent.*

– Je vous le confirme. C'est d'ailleurs incorrect. Qu'est-ce que vous voulez faire de votre vie, cher ami ?

Jérémie a murmuré :

– Je sais pas.

– Et vous ne trouvez pas qu'il serait grand temps de le savoir ?

Jérémie a tenté :

– Je voudrais bien essayer plusieurs trucs.

– Plusieurs trucs. Voilà qui est très clair. Et de quelle nature ?

– Je sais pas, a répété Jérémie d'un ton faiblard.

Monsieur Daguerre lui a balancé sa copie.

– Évidemment, on veut « essayer plusieurs trucs ». Allez dire ça au proviseur, je suis sûr que ça lui plaira, avec ses étagères de Dolto. « Les petits choux, il faut leur laisser le temps de se trouver ! ». De se trouver où ? Vous n'êtes nulle part ! Vous n'avez aucun but, aucune direction ! Vous n'êtes qu'une bande de bonobos bobos à culs rouges et sacs Hermès ! Vous êtes des jouisseurs et des ignares. Vous êtes des gosses de riches puants et gâtés. Cohen !

– Oui, a dit Shoshannah.

– Mademoiselle Cohen, vous vous décidez à apprendre vos auxiliaires ou je vous fais copier cent fois « *I ought to learn how not to be a complete waste of space* » ?

(Intraduisible. Méchant.)

– Oui, monsieur.

– Vous aussi, vous vous chatouillez l'entrecuisse devant votre iPhone au lieu de réviser ?

– Non.

– Parce que s'il vous en prenait l'envie, mademoiselle Gauthier ici présente pourrait vous aider à bien cadrer l'image, vous savez. Et pendant ce temps, tous les élèves de Louis-le-Grand, de Fénelon et de Lakanal seront bien contents de gagner des places aux concours.

Il parlait, il parlait, et moi je me disais : C'est drôle quand même, c'est marrant, on écrirait ça en livre qu'on ne nous croirait pas ; on en ferait un film qu'on ne nous croirait pas, on le raconterait à nos parents qu'ils ne nous croiraient pas. Enfin, les miens ne me croiraient pas. Ceux de la plupart des autres le savent, vu qu'ils s'en souviennent...

– Mademoiselle Gauthier, a persiflé Monsieur Daguerre en fixant enfin Iseult droit dans les yeux, racontez-nous : vous avez fait combien de prises pour réaliser cette vidéo digne d'un Hot d'Or ?

Une chaise a raclé le sol, Iseult était debout comme un diable, elle a articulé d'une voix rauque et sombre comme le tonnerre :

– Ce n'est pas moi. *It isn't me. It FUCKING isn't me.*

– Ce n'est pas v…? Ah, pardon, a dit tranquillement Monsieur Daguerre après une seconde de flottement. J'ai votre sœur en anglais LV2, je vous confonds toujours. « Si ce n'est toi, c'est donc ta sœur… » Passons. Rasseyez-vous.

– *You are a fucking bastard*, a déclaré Iseult.

La classe tout à coup engluée dans un silence pulsatile.

– *I beg your pardon ?* a soufflé Monsieur Daguerre, écarlate.

– *You are a fucking BASTARD.*

– *Excuse me ?!*

– Vous m'avez parfaitement entendue.

Monsieur Daguerre ouvrait des sourires-vaguelettes qui s'étiolaient en grimaces. Il tentait de cacher ses tremblements qui l'agitaient comme du sable dans un tamis.

– Nous avons donc une jumelle exhibitionniste et l'autre qui jure comme une poissonnière. Vous espérez faire quoi de votre vie, mademoiselle ?

– La passer à fuir les gens comme vous ! a répondu Iseult.

– Ah ! je vois. C'est dommage, car « les gens comme moi » sont ceux qui siègent dans les comités d'entrée aux grandes écoles – celles que vous implorerez de vous intégrer dans quelques années.

– Non merci : je vais faire les Beaux-Arts et me casser.

— Mais c'est pareil aux Beaux-Arts, ma pauvre fille. C'est plein de *fucking bastards*, comme vous les appelez. Et vous casser où, au fait ? Vous casser comment ?

Iseult a haussé les épaules.

— Vous avez des illusions idiotes. Vous n'êtes pas une baba-cool, mademoiselle Gauthier, vous n'êtes pas une *radicale*, tout au plus êtes-vous vaguement en conflit avec le système comme une adolescente doit l'être pendant cinq ou six ans. Vous êtes d'une banalité, j'en bâille à m'en décrocher la mâchoire. Je vous enverrais bien chez le proviseur pour vous apprendre à respecter vos professeurs, mais il vous donnerait un Petit-Lu pour vous consoler et vous prendrait rendez-vous chez une gentille psychologue. Asseyez-vous.

Iseult restait debout. Elle s'est écriée :

— J'en ai plein le cul !

Monsieur Daguerre a souri.

— Ah oui, j'ai entendu dire que cette pratique sexuelle était de plus en plus répandue chez les jeunes.

Les autres, alentour, commençaient vraiment à apprécier la joute. On peut toujours compter sur Monsieur Daguerre pour mettre l'ambiance. J'en voyais qui se léchaient les babines, qui attendaient le prochain uppercut et son retour sous forme de coup de pied dans le bide.

Désespérément, Iseult a continué :

— Je vais vous trouer la gueule.

– Encore faudrait-il que vous sussiez manipuler une arme à feu.

– Sale con !

– Duquel parlez-vous ? Celui de votre sœur ? Il y a des produits de lavage spéciaux, à ce qu'il paraît…

Iseult s'épuisait à trouver d'autres provocations, elle lui a balancé qu'il était un connard frustré, un sale macho, un raté, un salopard, tout un tas d'injures. Toutes ricochaient contre la répartie froide de Monsieur Daguerre, qui n'en tremblait pas moins de rage contenue. Mais il était en contrôle total, il gagnait. Il a fini par la couper :

– Ma bonne amie, je ne suis pas du genre à m'émouvoir face à une pseudo-rebelle en culottes courtes. Je sais que vous espérez « échapper » à mes semblables, mais j'ai le regret de vous annoncer que vous êtes coincée. Papa et Maman ne seraient pas d'accord, et vous n'irez jamais leur désobéir.

Alors, soudainement, Iseult lui a sorti ça :

– *You are a king of snow standing before the sun.*

C'était du Shakespeare, une tirade qu'on avait étudiée ensemble en classe : *Vous êtes un roi de neige se tenant devant le soleil.*

Et en effet il a fondu.

– Eh bien, a-t-il balbutié… Eh bien, c'est envoyé, le moins qu'on puisse dire… Vous voyez, quand vous voulez… avec un peu de culture… on se fait plus lit-

téraire ! Mais enfin… très bien, le rappel à la mor-
talité, au manque de pouvoir… vous vous croyez intelligente ?… l'insolence, tout de même… de… Très
bien ! Vous êtes gonflée.

Il m'a pointée du doigt.

– Vous, là !

– Oui ?

– Vous amenez mademoiselle Gauthier chez le proviseur. Vous lui dites qu'elle m'a menacé, vous lui racon-
tez la scène. On a assez perdu de temps. On perd du
temps ! Je perds du temps. Je perds mon temps avec
vous, pour quoi, pour qui ?

Je me suis levée et j'ai pris Iseult par le bras. On s'est
approchées de la porte. Monsieur Daguerre était ruis-
selant. Il a crié :

– Prenez vos affaires, je ne veux pas vous revoir ! *Waste
of time. Complete waste of time !*

On a pris nos affaires. Quand on est parties, on l'a
entendu déclarer aux autres :

– J'ai connu Sartre, moi ! J'ai connu Aragon ! J'ai connu
Nabokov ! J'ai *traduit* Nabokov !

Nous connûmes le couloir silencieux qui menait au
bureau du proviseur.

Puis soudain, Iseult m'a faussé compagnie.

XXI.

– Hé, tu vas où ? Iseult !

Trop tard : j'ai juste vu ses cheveux disparaître au coin d'une porte. Je l'ai suivie, elle courait déjà un autre couloir désert. Puis l'escalier, puis un autre couloir. On jouait à chat comme ça dans le silence studieux des couloirs de pierre où crissaient les semelles de ses tennis et des miennes, un quatuor de Bensimon à lacets, elles blanches, moi rouges. Elle m'attendait quand même, je crois, elle voulait un peu que je la rattrape. Mais en fin de compte je l'ai véritablement perdue ; je suis arrivée dans un couloir où il n'y avait rien ni personne, juste de chaudes nappes de soleil carrées sous chaque fenêtre, étalées sur le sol comme pour un pique-nique.

J'ai attendu, campée dans la blancheur.

Alors je me suis aperçue que j'étais tout près de la grande salle des Médailles et que c'était sans doute là qu'elle s'était engouffrée.

J'ai ouvert la porte de la salle, qui était vide – et pleine d'éclats de lumière réfractés. C'est une salle ancienne, ornée de dizaines de miroirs dans des cadres de bois voluptueux, un peu fanés. Une galerie des glaces quadrillée de pupitres carrés, jonchée de cartouches d'encre vides et de petits morceaux de gommes. Elle sert de salle de contrôles, on peut s'y voir, soi-même et les autres, plancher pendant des heures, c'est un drôle de spectacle.

Iseult était accoudée à une fenêtre ouverte avec une grande feuille, à gribouiller ce qu'elle voyait dehors. Son carton à dessins ouvert sur une table. J'ai fait discrètement le tour de la salle, levant le nez dans le chaud poudroiement du soleil accentué par les jeux des miroirs. Je me suis approchée de son carton à dessins pour voir ce qu'elle avait fait de notre *domus omnibus una*. J'ai regardé un dessin après l'autre, c'étaient les cours du lycée ramollies et coulantes, au fusain et à la peinture, mais trouées de grandes poches blanches, comme si Iseult comptait y ajouter des motifs, peut-être des personnages.

J'ai louvoyé entre les pupitres jusqu'à Iseult, je lui ai tapé sur l'épaule et j'ai dit :

– Chat !

Alors elle a fait pareil pour moi et après c'était nul, parce que quand on est si près l'un de l'autre il suffit de retaper l'autre, qui nous retape, et puis on le retape, et ça ne sert plus à rien de jouer, c'est ça la grande faille universelle dans le règlement du jeu de chat.

(Sauf si on joue à chat-bougie où on est obligé de se laisser doucement fondre jusqu'à ce qu'un partenaire vienne nous délivrer – ce qui ne risquait pas d'arriver.)

J'ai dit :

– Pouce.

Elle a fait OK de la tête, et mon pouce levé nous a forcées à quitter l'enfance et à réintégrer nos corps de filles de seconde. Il nous a fallu quelques instants de réajustement, parce qu'on s'était bien mises dans le rôle. (Le soir même sous la douche j'ai vu que mes côtes étaient pommelées de petits bleus, à cause de tous ces coups de doigts qu'elle m'avait filés pour me faire chat).

Finalement je lui ai plaqué la main sur l'épaule :

– Eh ben, bravissimo. T'as été hyper courageuse. Nickel chrome. Sensass. La tête de Daguerre ! C'était d'enfer.

Je ne sais pas pourquoi je parlais comme un personnage de BD des années 70 ; peut-être que j'aurais bien voulu voir toute cette conversation en phylactères au-dessus de nos crânes. Iseult a souri tristement, en secouant la tête.

– Mais non, y a pas de quoi me féliciter. Ça ne sert à rien. T'as bien vu, ça sert à rien. Il a tiqué que dalle. À peine sur le Shakespeare, il a été surpris que ça se retourne contre lui, mais ça l'a juste troublé une seconde. Le reste, rien, rien de rien. Ça sert à rien.

– Si, bien sûr ! ai-je argumenté, passant en mode syndicaliste. C'est comme ça qu'on démolit l'édifice. C'est ce genre de petits coups au système qui peut tout faire casser. Aujourd'hui tu es toute seule, demain on sera cent !

J'aurais bien voulu me convaincre moi-même, mais il était tout de même évident qu'elle était vraiment toute seule. Elle a secoué la tête :

– Non. Il a raison. Je suis coincée, il est coincé, on est tous coincés. Je suis coincée dans le corps de quelqu'un d'autre, je suis coincée dans la vie de quelqu'un d'autre, et tout a été décidé il y a trop longtemps pour qu'on ait la moindre chance de changer quoi que ce soit.

– Le corps de Léo, tu veux dire ? La vie de Léo ?

Elle a fait le geste de chasser une mouche, impatiemment.

– Mais non, pas seulement. C'est évident en ce qui nous concerne, elle et moi. Mais c'est la même chose en général. Tout le monde se confond avec tout le monde. On s'attend toujours à ce qu'on arrive pile à tel endroit, à tel moment, et donc c'est toujours exactement ce qu'on fait – on pourrait aussi bien être quelqu'un d'autre sans que ça se remarque. On passe d'une personne à l'autre, on parle à l'un comme à l'autre, on confond tout le monde… On se laisse tomber et on se récupère comme si rien n'était arrivé. Il n'y a rien de solide nulle part, rien ni personne n'est irremplaçable. On vit parmi nos propres doublures. Et même quand, une fois de temps en temps, on essaie de se faire un peu *imprévisible*, ça rebondit sans même denter la carrosserie.

J'ai enfilé ma casquette de sociologue de l'éducation pour dire :

– J'ai déjà entendu ça quelque part, tu sais, je pense que c'est quelque chose que tout le monde s'est dit à un moment ou à l'autre, je pense que c'est une phase normale dans l'adolescence de se dire des trucs comme ça.

– Exactement, a-t-elle soupiré. C'est exactement le problème.

Elle a fini son dessin de cet angle-là de la cour et l'a ajouté à la pile. Puis elle s'est perchée sur une table, en position du Penseur de Rodin. Elle m'a demandé :

– Tu sais pourquoi Léo s'en fout, au fond, de cette vidéo ?

– Elle s'en fout pas, ai-je dit sévèrement, elle est très affectée. Elle est sûre que maintenant, sa carrière va être flinguée, tout ça.

– Mais non, elle s'en fout en fait, c'est juste que tu ne le vois pas parce que tu crois désespérément qu'il y a un truc profond en elle qu'il faut protéger. Tu te fais des films. Elle s'en fout parce que *cette vidéo n'a rien révélé d'elle qu'on ne savait pas déjà*. Elle est iconique, elle a toujours été regardée. Elle s'en fout et tout le monde s'en fout. Les gens s'en offusquent pour la forme, mais en réalité ça n'a fait que combler une autre attente. Cette vidéo correspond juste à un truc qu'on s'imaginait déjà d'elle en secret. Ça ne changera rien au fait qu'elle aura mention très bien au bac et ensuite maths sup, maths spé, Polytechnique… comme tout le monde le sait déjà. Elle est pile là où on l'attend.

— Et toi, pourquoi tu ne t'en fous pas ?

Elle a réfléchi un instant, je ne sais pas si c'était très clair dans son esprit.

— Je crois que j'aurais bien aimé qu'il y ait un scandale. Ou même un hoquet. Le lycée a digéré tout ça en à peine une journée. Léo a vomi, bon, il y a eu des regards et des convocations chez le proviseur, toute la réactivité nécessaire, mais ça y est, la question est réglée et on va passer à autre chose. Il aurait pu… Il aurait dû y avoir, je ne sais pas, un scandale – on aurait dû en rire ou en pleurer beaucoup plus. Beaucoup plus.

Je ne sais plus très bien ce qu'elle m'a dit ensuite. Elle a parlé d'elle, de moi, de Léo, de Tim et d'Aurélien, de ses parents. J'ai un peu décroché, j'essayais de me concentrer mais tout cela sonnait à mes oreilles comme une sorte de bruit de fond. Ça avait tellement peu d'importance que ça me fatiguait, et puis je ne suis pas psychologue. J'ai du mal avec les histoires des autres, elles font rarement écho à mes propres préoccupations. Et puis Iseult revenait à des trucs d'il y a mille ans, des anecdotes d'enfance, ce temps de la vie entièrement imaginé. C'étaient des choses qui dataient de tellement longtemps qu'elles avaient perdu toute consistance, toute réalité...

– Quand on était petites, Léo et moi, on jouait sur la confusion pour créer des surprises, on aimait que les gens se trompent, on aimait qu'ils croient que c'était l'une de nous alors qu'en fait c'était l'autre. On n'a pas vu qu'on arrivait exactement là où ils voulaient qu'on arrive : à un stade où on est en permanence au cœur des conversations, sauf que ce n'est jamais de nous qu'on parle. On nous regarde en permanence, mais ce n'est jamais nous qu'on voit.

Moi, épuisée :

– Mais c'est qui, on ? Qui, nous ?

– Les parents, les profs, les autres... nous-mêmes ! Il y a toujours erreur sur la personne.

Elle s'est appuyée à nouveau sur le rebord de la fenêtre et s'est mise à triturer le mur à l'aide de la petite gomme rose qui mamelonnait le bout de son crayon. Le morceau de mur s'étiolait sous les frottements, faisant neiger une farine de pierre sur sa jupe brune.

– Il y a toujours erreur, a-t-elle répété avec perplexité. C'est une grande comédie des erreurs. On se confond tous les uns avec les autres, et du coup on fait les mauvais choix. On se trompe de personne. Surtout toi.

J'ai écarquillé les yeux.

– Moi ? Qu'est-ce que je viens faire dans cette histoire, moi ?

– Tu te trompes depuis la nuit des temps. Moi, je te *voulais* comme meilleure amie. Léo, elle s'en foutait. Et pourtant c'est elle que tu as choisie. Maintenant elle s'est habituée à toi parce que tu es docile et malléable et elle t'a gardée. Tu lui es nécessaire, maintenant, mais vous êtes devenues lisses et tièdes comme des œufs qui glissent du cul d'une poule.

J'étais un peu blessée par la comparaison, alors j'ai déclaré avec cruauté :

– Il faut croire qu'il y en a qui la trouvent plus intéressante que toi, vu comme elle est entourée et toi non.

– Mais non, a dit Iseult, c'est juste qu'elle les retient plus fermement. Moi, je t'aurais laissée libre.

– Et alors, qu'est-ce que ça aurait pu me faire ?

Elle m'a regardée avec effarement.

– Tu ne trouves pas que c'est important ? Quand je pense que ça fait des années que j'attends que Léo te relâche, ou que tu me demandes de t'aider à te libérer !

J'étais énervée, elle se prenait la tête pour des trucs débiles, elle s'inventait des problèmes, elle se compliquait la vie, comme tout le monde dans ce bahut ! Tout le monde s'invente des problèmes, moi je *paierais* pour un peu de *simplicité*, on nous apprend tellement, tout le temps, à chercher des sens cachés partout, mais c'est des conneries, ça me fatigue ! J'ai embrayé :

– T'es juste jalouse. T'as un complexe d'infériorité par rapport à Léo. Tu veux briller et c'est elle qui brille, tu veux qu'on parle de toi et c'est d'elle qu'on parle, tu veux qu'on te voie et on ne voit qu'elle.

– Ce n'est pas vrai. Ça fait très longtemps que ça m'est égal.

– Tu parles ! T'es mal dans ta peau parce que quelqu'un s'en accommode mieux que toi, de ta peau, et le fait bien voir aujourd'hui, à tout le monde. La seule fois où tu brilles, c'est aujourd'hui, tout ça parce que son corps à elle a été exhibé devant tout le monde, et que par chance – ou par malchance –, c'est ton corps à toi aussi. Là, tu te fais remarquer, t'es contente ?

– Mais non, a-t-elle répondu avec lassitude, tu es si littérale. Je m'en fous complètement, de cette histoire... C'est bien ça, le problème – je m'en fous complètement. La seule chose qui m'importait, à la limite, c'était que tu reviennes vers moi au bout d'un moment – mais même ça, c'est fini. Ça a perdu toute... gravité.

Elle a continué à délirer, à expliquer que de toute façon elle s'y attendait, qu'elle s'était habituée à l'idée qu'on n'avait jamais été rien d'autre qu'une petite amitié de trois semaines en sixième, qu'il n'y avait rien d'autre à attendre… Et puis aussi, qu'elle en avait assez de ne jamais être surprise par rien, de ne jamais créer la surprise, que tout était un non-événement. Son crayon continuait pendant ce temps à ronger le rebord de la fenêtre. L'enchaînement de la conversation n'était pas logique, donc j'avais perdu le fil, mais à un moment donné elle s'est arrêtée – elle a buggé pendant quelques secondes en regardant par la fenêtre, et elle a observé :

– Personne ne monte jamais dans la tour Clovis. Pourquoi ?

– Parce que le proviseur ne veut pas que des gens se suicident du haut de la tour jusqu'en bas dans la cour du Cloître : c'est sale et vulgaire.

– Mais si les gens ont envie d'y aller juste pour la vue ?

– Il y aurait forcément un doute. On ne monte pas tout en haut d'une tour juste pour la vue, il y a toujours une arrière-pensée, on y va toujours un peu pour prendre le risque de se jeter de tout en haut.

– Pas forcément, si on est content de sa vie.

– Avant de monter, oui. Seulement, une fois qu'on est en haut, il y a toujours la possibilité qu'on change brusquement d'avis, ça arrive à plein de gens.

– Mais qu'est-ce qu'il y a dans cette tour, à ton avis ?

– À mon avis, rien.

– Alors pourquoi ils nous la cachent ?

– Ben justement pour ça : parce qu'il n'y a rien dedans.

Elle a rigolé :

– Mais alors pourquoi, mais *pourquoi* ils l'ont mise là ?

– Pour décorer.

– Oui… ça doit être ça, a-t-elle accepté avec une moue molle à la bouche.

Dans cette lumière elle ressemblait tellement à Léo – enfin, disons qu'elle ressemblait vraiment à un *brouillon de Léo*, la figurine d'argile qui préfigure la statue de bronze – que je me suis penchée vers elle pour scruter tous les détails.

Elle ne faisait rien, elle ne disait rien, elle attendait quelque chose qu'elle semblait avoir attendu depuis des lustres. Je me suis dit que ce serait franchement indécent de l'embrasser, elle, maintenant, en ce jour de désastre, que ça rajouterait encore à la confusion et au problème. J'étais au stade où on est tellement près du visage de l'autre qu'on voit un troisième œil de cyclope s'ouvrir juste en haut du nez entre les deux autres. On peut le faire disparaître en clignant.

Elle a fermé les yeux et l'œil de cyclope s'est fermé aussi. Il y avait encore des coulées noires sur ses joues, reine gothique princesse punk, mais qu'est-ce qu'elle attendait de moi ? Il y avait dans mon crâne mon cœur qui battait. Le problème du vertige, c'est qu'on se penche juste pour voir et qu'on se retrouve avec des idées de mort dans la tête : c'est ça aussi, la réalité problématique des tours qui ressemblent à des visages et des visages qui ressemblent à des tours. Ça s'appelle la paréidolie, cette illusion d'optique qui fait qu'on croit voir un visage là où il n'y a que des roches ou des arbres ou une poignée de porte au long nez. Mais qu'est-ce qu'elle attendait de moi, avec ce visage de noyée ? La paréidolie donne le vertige car on pourrait imaginer qu'il va exister une relation là où il n'y a que du minéral ou à la rigueur du végétal et elle est typique de l'enfance où, la nuit, un tas de vêtements sur une chaise ressemble comme deux gouttes d'eau à une sorcière. Mais qu'est-ce qu'elle attend de moi, avec ce masque peint de Léo sur son visage ?

C'était juste pour décorer sans doute et – je me suis penchée elle ne bougeait pas c'était indispensable de l'embrasser car elle semblait avoir attendu depuis des saisons des années des millénaires et on m'a toujours appris à ne pas décevoir les gens alors...

... je l'ai embrassée. Et c'était très étrange parce qu'elle était salée comme une algue et que je n'avais jamais embrassé quiconque auparavant, salé ou non, et encore moins sur un coup de tête comme ça, et que comme elle ressemblait à Léo mais sans l'être, c'était quasiment comme embrasser l'un de mes personnages à l'effigie de Léo au moment de mes endormissements, une poupée-Léo à peine plus réelle, posée là entre tous ces miroirs sur lesquels le soleil jouait au ping-pong.

Franchement, j'ai fait de mon mieux ; j'ai essayé d'être à fond dedans, après tout ce qu'elle m'avait dit, de m'investir pleinement dans ce baiser pas fondamentalement désagréable quoiqu'un peu incongru. Mais dans cette salle des Médailles glaciale, alors qu'elle m'embrassait entre tous nos reflets dans les cadres dorés, un détail a détourné mon attention. C'était une toute petite main en caoutchouc au pouce levé, qui dépassait d'entre deux cahiers dans le sac à moitié ouvert d'Iseult, posé sur une chaise. C'était la main du petit Kiki que j'avais donné à Léo.

Je ne saurai jamais, je pense, si elle l'avait volé à Léo, emprunté à Léo, si elle en avait hérité, ni si elle l'emportait toujours avec elle ou si c'était juste aujourd'hui, ni si c'était bien celui que j'avais offert à Léo et pas un autre ou même le tout premier, celui de la gentille marraine, sauvé de la benne à coups de Hache dans les sacs-poubelle par un éboueur imaginaire.

À présent il est posé sur son oreiller, le pouce dans la bouche, à attendre qu'elle se réveille.

Il peut bien attendre, il a toute la vie.

Quand elle a compris que je n'étais pas dans le truc, que je me focalisais sur ce singe, témoin appréciateur de ce baiser maritime, elle s'est détachée de moi :

– C'est pas ce à quoi je m'attendais, en fait.

J'ai hoché la tête, j'étais tellement triste. Elle aussi, ça se voyait. Mais il faudrait savoir, à la fin : elle voulait trouver les choses là où on les attend, ou être surprise ?

Enfin bref, il y avait quelque chose de cassé entre nous, et puisque c'était la première fois qu'on y faisait attention, ça devait vouloir dire que c'était cassé depuis un bon bout de temps. C'est rageant, on approche comme ça d'un moment qui devrait importer, et on ne trouve rien à l'intérieur, c'est creux.

Elle a ramassé ses affaires, fermé la fermeture éclair du sac sur le petit Kiki, m'a demandé :

– Tu veux qu'on aille voir ce qu'il y a dans la tour ?

– Non. Faut que je retourne en cours.

XXII.

Dans la cour du Méridien il y avait par terre les corps amollis de ceux qui n'avaient pas latin. Entre leurs jambes des livres avaient fleuri et entre eux, ils avaient disposé leurs sacs ouverts comme des bouches. Ils écrivaient sur leurs cahiers ou ils envoyaient des textos. Un puits de soleil s'était formé au-dessus d'eux. Assis contre le méridien de pierre et de métal, qui représente le monde entier traversé d'un grand fuseau, Grégoire avait sorti sa guitare et il chantait une chanson de Jane Birkin.

Di doo di doo dah
Oh di doo di doo dah
Mélancolique et désabusée
Oh di doo di doo di doo dah
Oh di doo di doo dah
J'ai je ne sais quoi d'un garcon manqué

C'était bizarre, pourquoi est-ce qu'il chantait cette chanson ? Des lambeaux de fumée s'élevaient autour de sa tête blonde alors qu'on n'a pas le droit de fumer dans la cour du Méridien ou nulle part ailleurs. Je me suis approchée ; c'était Chloé qui fumait, juste à côté de Grégoire. Elle n'avait pas l'air de m'en vouloir pour la dispute du matin, on ne se prend pas la tête dans ces cas-là, c'est le genre de choses qui arrive quand on est sous pression. On ne s'en tient jamais rigueur.

Elle a dit :

– Ça va ?

– Oui. Pourquoi t'es pas en latin ?

– J'ai pas appris mon vocabulaire.

– Ah oui, c'est vrai, on est censés avoir contrôle.

– Tu l'as appris, toi ?

– Oui.

– Vas-y, récite.

Je ne me souvenais que de *dubito*, 'je doute'. Je me suis mise à le fredonner sur l'air de Grégoire.

> *Dubito di doo di doo dah*
> *Doo di doo di doo dah*

– Ça ne vaut pas la peine de toute façon, a décidé Chloé. Il reste seulement vingt minutes.

– Aurélien et Léo y sont ?

– Oui, ça a l'air d'aller. Tu veux partager ma cigarette ?

– Non merci.

Elle n'avait pas le goût de framboise, donc ça ne valait pas la peine, de toute façon.

– Il faudrait vraiment que j'aille en latin, ai-je murmuré en m'asseyant en tailleur par terre. C'est important.

– Pourquoi ?

– J'ai séché plein de cours aujourd'hui, et si je sèche trop de cours je serai dans la merde, je passerai pas en S, tout ça.

– Et alors, tes parents arrêteront de t'aimer ?

– Ben oui, évidemment, comme tout le monde ! ai-je dit en rigolant.

Elle a ri aussi un instant, elle était un peu d'accord.

Doo di doo di doo dah
Les autres filles ont de gros nichons
Et moi je reste aussi plate qu'un garçon
Que c'est con
Di doo di doo dah

– T'as combien de moyenne générale ? a-t-elle demandé.

– Vers les 11,5 en ce moment.

– Ben c'est bon, et t'es plutôt régulière, non ?

– Ça va, sauf en histoire-géo.

– Eh ben tout va bien, t'inquiète pas. T'as commencé ta dissert d'anglais pour la semaine prochaine ?

– Pas techniquement, mais j'ai le plan tout bien griffonné dans ma tête.

– Tranquille. Tranquille.

Oui, tranquille. Dans la fumée et dans la chaleur du soleil, entre les accords de la guitare de Grégoire l'artiste maudit, adossée au Méridien, avec mes lèvres encore fripées par ce baiser marin, j'ai fermé les yeux. J'ai fait une sieste. J'ai rêvé que je faisais semblant d'être Jane Birkin à la guitare, avec une frange qui tombait trop bas, vers le milieu du nez. Je ne voyais rien du tout, du coup, c'était vraiment nul comme coiffure. Mais je chantais couramment en latin. Je sentais l'odeur de la cigarette de Léo, ou plutôt de Chloé, dont la fumée roulée en boule venait buter contre mes narines. La cour était une plage de sable.

Ensuite je toussais et toussais parce qu'il y avait des petits crabes rouges plein ma bouche, grouillant entre les algues qui avaient poussé sur mes dents. Ce n'était rien comparé au sort des autres autour de moi ; eux étaient tous devenus de paisibles calmars géants, tentacules déroulés au soleil, fixant de leurs gros yeux noirs et vides la falaise du bâtiment des sciences.

La sonnerie a déchiré mon rêve et on s'est levés pour aller en cours d'histoire, après quoi ce serait la fin de la journée et Léo aurait survécu.

XXIII.

Elle avait déjà survécu, de toute façon. Je le savais déjà mais j'en ai vraiment pris conscience quand je suis arrivée dans le couloir et qu'elle tenait la main à Aurélien, nonchalamment, et lui racontait quelque chose qui le faisait rire. Elle était triomphale ! Elle revenait de la guerre en un seul morceau. Tim et ses copains étaient là aussi et regardaient par terre et parlaient à voix basse d'autre chose. Les autres gens n'avaient plus le moindre vacillement dans le regard, c'était presque déjà fini, cette histoire. Demain on parlerait d'autre chose. Ça se tassait : tout se tasse.

Lorsque la prof d'histoire, Madame Lepage, est arrivée, on a quand même un peu guetté la manière dont elle s'adressait à la classe. On a aperçu le balbutiement dans ses yeux quand elle a rencontré ceux de Léo. Dès qu'on a vu que le thème du cours était « CHARLOTTE CORDAY », on a compris qu'elle l'avait fait exprès. C'est une féministe, Madame Lepage ; elle a les cheveux courts et elle est probablement lesbienne. Quelqu'un l'a même vue à la Gay Pride. Donc c'était évident qu'elle voulait nous parler d'une femme de pouvoir, une femme qui tuait un homme dans une baignoire pour le punir. Elle nous a raconté la mort de Marat et on imaginait des torrents de sang dans l'eau chaude. Elle nous a montré le tableau de David où la victime dans son bain n'essaie plus d'écrire. C'était Tim qu'elle assassinait symboliquement, et elle pompait tout ce sang versé dans les veines de Léo pour la regonfler !

Mais vers la fin des deux heures, alors qu'elle se débattait avec Powerpoint pour nous montrer une vidéo (les vidéos, ça ne marche jamais ; jamais ; mais les profs ne se découragent pas, ils essaient toujours, c'est là où tout l'optimisme de la fonction apparaît dans sa forme la plus glorieuse), elle a grogné :

– Ça m'agace, ça m'agace ! Ah, la technologie ! Et chez moi, ce n'est pas mieux ; ça fait deux jours qu'on n'a pas Internet.

Donc elle ne savait rien, en fait. On avait tout imaginé, c'était juste un cours normal, Madame Lepage était probablement la dernière personne au monde qui ne savait pas, il n'y avait pas de code, pas de message secret, dans ce cours sur Charlotte Corday.

Enfin, Léo et Aurélien sont repartis main dans la main dans le couloir à la fin du cours, gagnants. Tim et ses copains sont partis dans l'autre direction, ni gagnants ni perdants. J'ai cru à l'époque qu'ils retournaient à la salle de jeux en réseau pour se replonger dans leur monde de substitution ; en fait, ils se rendaient chez le proviseur adjoint, qui les a ensuite punis pour diffusion de vidéo pornographique et piratage de la liste d'emails de l'établissement. Quentin a été exclu pendant une semaine. Tim pendant deux jours. Ce n'était pas lui qui avait envoyé l'email, techniquement, donc c'était moins sa faute. Ils ont dû écrire une lettre d'excuse à tout le monde. Le résultat sonne comme s'ils l'avaient rédigée en trois minutes.

Madame, Monsieur,

Nous souhaitons exprimer nos regrets les plus profonds et les plus sincères quant au message électronique et à sa pièce jointe que nous vous avons envoyés hier. C'était une grave erreur de jugement et nous nous rendons compte de la gravité de notre acte et du contenu tout à fait inapproprié de la pièce jointe. Cela ne se reproduira pas.
Nous avons dûment présenté nos excuses en personne aux principaux intéressés.

Cordialement,

Timothée Lentilleux ; Quentin Leroux ; Zacharie Benamou.

La seule chose que dirait ma mère à ce sujet, un peu plus tard dans l'année, c'est quand elle verrait la photo de classe ; elle me demanderait de lui montrer Tim, Quentin et Zacharie, et elle dirait :

— Ils ont l'air si sages.

Mais j'avance un peu trop vite. Il faut que je revienne en arrière, au moment où Léo et Aurélien sont sortis du collège et ont disparu dans la lumière, avalés par la rue Clovis, gagnants.

Moi, j'étais encore cour du Cloître, entre les deux rectangles de pelouse, à marcher sur les gravillons blancs, lorsque j'ai vu, à mi-hauteur de la tour Clovis, une porte en bois s'ouvrir – et Iseult apparaître dans l'embrasure.

Je ne savais même pas que cette porte pouvait s'ouvrir.

Apparemment, personne ne le savait.

Mais tout le monde avait le nez en l'air, à présent, et tout le monde criait :

— Léopoldine Gauthier !

— Où ça ?

— Mais dans la tour ! Là-haut !

— Elle va sauter ! Elle va se suicider !

— À cause de la vidéo !

— Tu l'as vue ? Elle est si terrible que ça ?

— Putain ! Elle est tout au bord ! Tu crois qu'elle va sauter ?

— C'est clair, elle va le faire, obligé…

— Allez la chercher, vite !

— Elle va se tuer !

C'était incroyablement dramatique. Les gens faisaient de grands signes, s'exclamaient, se regardaient pour voir qui faisait les plus grands signes et s'exclamait le plus fort. Très vite l'infirmière est passée en courant ; on aurait dit qu'elle rebondissait comme une petite balle de caoutchouc, avec ses chevilles enflées dans ses chaussures. Monsieur Leclerc a surgi d'un coin du cloître et René Richard est arrivé au galop. La foule s'est densifiée, on piétinait les pelouses alors que c'est strictement interdit.

— Léopoldine ! a crié l'infirmière. Écoute-moi, je viens d'avoir tes parents au téléphone, ils t'attendent dehors ! Tout va bien se passer ! Reste là où tu es, ne bouge pas !

J'ai compris que des pions étaient en train de grimper les escaliers pour aller la chercher.

— Léopoldine ! a hurlé le proviseur. Ça ne vaut pas la peine ! C'est une idiotie, cette histoire ! Ne bouge pas d'ici ! Tu es une jeune fille brillante ! Tu as un immense avenir devant toi ! Ne gâche pas tout !

Iseult, toute petite dans la tour au visage d'évêque revêche, était secouée de vent. Elle s'est à son tour mise à crier quelque chose, mais sa petite voix s'est d'abord perdue dans une brise.

– QU'EST-CE QUE TU DIS ? a hurlé l'infirmière.

Elle a répété plus fort : mon prénom.

Tout le monde s'est tourné vers moi.

Il fallait bien que je dise quelque chose, sauf que je n'avais rien préparé. J'ai crié :

– ALORS ISEULT, IL Y A QUOI LÀ-DEDANS ?

Dans mon dos, quelqu'un a chuchoté : Aaaah moi je croyais que c'était…, et d'autres disaient Elle va se sacrifier pour sa sœur – Mais c'est même pas sa faute ! – C'est la honte sur toute la famille, etc. Ils avaient plein de théories intéressantes, les gens autour de moi, j'admirais leur imagination galopante.

Iseult a répondu :

– RIEN, EN FAIT ! RIEN !

J'ai crié :

– C'EST BIEN CE QUE JE DISAIS ! ALLEZ, REDESCENDS !

Mais non, elle ne redescendait pas, et j'ai compris qu'elle avait dans l'idée de faire un *happening*, elle me l'avait dit d'ailleurs, si j'avais été capable de lire entre les lignes je l'aurais comppris à temps, j'aurais pu anticiper.

Elle a hurlé :

– CADEAU !

Et elle a glorieusement sorti son carton à dessins et l'a ouvert dans le vent.

Des myriades de grandes feuilles ont neigé vers la cour, tombant en spirales maladroites, tout son projet d'arts pla, toute son interprétation semi-libre du *domus omnibus una* – piouf dans les airs, flap flap flap jusqu'à la cour, comme des albatros !

Après un moment, les gens les ont ramassés, ont commencé à les regarder, et ils ont eu l'air...

... parfaitement dégoûtés.

Car sur ces dessins, il y avait des morceaux de lycée glutineux et ramollis, des murs effondrés par le fusain étalé, des acryliques gluants qui avaient bavé de partout, et des tours Clovis aux traits affaissés...

... et puis il y avait, sur chacun des dessins, clairs et nets, dessinés à la plume au milieu de ce lycée baveux à l'intérieur de bulles de papier blanc, des personnages divers dans des positions grossières, Descartes à poil qui sodomisait le petit singe au pouce levé, moi torse poil et très maigre et maquillée en clown et nourrie de hot-dogs par une Iseult à poil les jambes écartées, Léo et Aurélien et Tim à poil en pleine partouze avec des caméras braqués sur eux, Monsieur Daguerre en plein 69 avec Monsieur Rouleau, et le proviseur et les autres profs et les autres élèves à poil ou en maillot de bain ou en lingerie qui observaient et applaudissaient.

Les dessins étaient très énergiques car Iseult n'avait rien perdu de son talent de caricaturiste de sixième, et elle avait donc ajouté des petites gouttes de sueur autour des visages, des petits traits pour indiquer les mouvements de ce qui rentrait dans les orifices divers et variés, des petits nuages qui sortaient des fesses pour signifier des prouts, et des petites flèches qui jaillissaient des yeux pour nous montrer très précisément ce que tel ou tel personnage regardait en particulier. Souvent il y avait le Kiki faisant le pouce de la victoire en marge de ces dessins ; il avait l'air très content d'être venu au spectacle.

J'ai crié à Iseult, en gonflant bien mes poumons pour qu'elle puisse entendre la réplique de tout là-haut :

– OUI… N'EST-CE PAS… IL FAUT LE VOIR CHEZ SOI ! (ce qui était une référence drôle au *Père Noël est une ordure*, et elle s'est bien tordue de rire, dans la tour.)

Pendant ce temps, le proviseur et les autres adultes nageaient dans des océans de perplexité et d'horreur, ils ne comprenaient vraiment pas, ils disaient que c'était dégoûtant et obscène et faites-la descendre immédiatement, elle est devenue folle ou quoi ?

Seule la prof d'arts plastiques, non loin de moi, a fait non-non de la tête en étudiant un dessin avant de commenter, sans émoi :

– Ce genre de provoc, ça a trente ans de retard.

Ça m'a rendue un peu triste, même si je m'en doutais.

Et puis tout à coup, l'accident stupide. La pierre est fragile dans ces vieux monuments, les rebords sont traîtres, et apparemment Iseult était juste assez lourde pour que ce rebord de porte inutile au milieu de la tour s'effrite sous ses pieds. Comme une bouche maussade à la lèvre tombante, l'encadrure de la porte a crachoté Iseult. Elle est tombée lourdement sur le toit dessous, et puis dans la cour, les bras écartés comme une mouette. Trahie par la vieille pierre.

Quand ils l'ont emportée, ça a laissé une trace de sang dans la poussière et les gravillons. Un peu partout, les os fracassés qui lui avaient fendu la peau des jambes.

Et loin là-bas, dehors, dans le jardin du Luxembourg, Léo et Aurélien s'embrassaient sur les bancs publics (*bancs publics, bancs publics*). Les parents de Léo, qui l'avaient attendue à la sortie en rongeant tous leurs ongles, étaient repartis après l'avoir vue passer avec son petit ami, ne sachant quoi lui dire, rassurés de voir qu'elle semblait aller bien.

XXIV.

Elle ne remarchera plus et elle a le cerveau en compote. C'est la certitude qu'on vient d'acquérir après les derniers examens. Elle se réveillera un jour, mais sans doute avec une mémoire parcellaire, et il lui faudra sans doute des mois pour reparler un peu. Il est possible, et j'apprécie sourdement l'ironie de la chose, qu'elle souffre d'une perte d'inhibition et que son comportement soit modifié complètement. Qu'elle se mette à hurler des insultes, par exemple, ou à faire des propositions indécentes.

Elle sera donc une personne tout à fait différente.

Elle ne passera pas en première au lycée Henri-IV.

Je suis assise près d'elle dans l'une de ces chaises d'hôpital qui collent aux cuisses, et j'inspecte sa peau blette en essayant de comprendre ce qu'elle cherchait exactement à dire en balançant ces dessins obscènes partout dans la cour. Je me demande aussi pourquoi, toutes ces années, elle ne m'a pas dit qu'elle trouvait que j'aurais dû l'embrasser plus tôt ; j'aurais pu rectifier le tir.

J'observe de façon rationnelle et logique ma vie jusqu'à maintenant : il est vrai que j'étais sous le joug de Léo, sous son emprise, sans raison. J'ai eu tort : il eût sans doute été beaucoup plus raisonnable de rester avec Iseult, qui me traitait comme un être humain en tant que tel et non comme une copine-Kleenex, ou une porteuse de sac, ou un singe-fétiche. J'ai eu tellement de rôles. Je me console en pensant, comme le dit l'infirmière-psychologue, qu'on ne sait pas pourquoi on aime plus untel qu'untel et que dans toute amitié on marche sur un fil.

Il paraît que de toute façon les planchers de la tour Clovis sont tellement fragiles qu'elle serait passée à travers même si la pierre de l'extérieur n'avait pas lâché ; donc, « pas de regrets ». Mais tout de même, on aurait dû fermer cette porte à clef, s'il est aussi facile de se péter la gueule dans cette tour infernale.

Léo a cassé avec Aurélien pour le moment : elle n'arrivait pas à gérer l'angoisse des visites à l'hôpital et l'euphorie des sorties avec lui. Ils font une pause, donc. Ils reprendront après, peut-être, quand Iseult se réveillera avec moins de neurones. Mais Léo a aussi des problèmes parce que depuis la vidéo elle ne veut rien *faire*, ou du moins pas tout de suite, qui implique un mec. Depuis peu elle commence à me dire que je suis sa seule vraie amie, la seule personne qui la connaît aussi entièrement et aussi profondément. Elle devient collante, mais collante ! Je crois que ça l'agace que je vienne tous les jours. Je pense qu'elle trouve que je passe trop de temps avec Iseult maintenant qu'Iseult est immobile au lit avec des paupières qui ont la couleur de la peau des prunes.

Je ne vais pas raconter combien je pleure parce que je ne sais pas exactement si c'est de la tristesse, de la fatigue, de la peur, de la colère, de la frustration, ou si c'est simplement de la tension nerveuse, parce que j'ai raté beaucoup de contrôles et que je ne passerai peut-être pas en première S.

Et là, je me dis :

Que c'était bien la peine de se mettre en scène comme ça, Léo, Iseult, moi et tout le monde, à faire des tragédies et des drames dans un théâtre où les pierres sont trop traîtres.

Qu'il n'y a rien de poétique à une tache de sang poudreux sur des graviers de la cour d'un lycée.

Qu'on est trop les uns sur les autres à se chercher des poux, à se chercher des amis, à se chercher des raisons de chercher des amis.

Qu'on ne comprend jamais pourquoi on aime certaines personnes, et pourquoi on en déteste d'autres, et c'est infernal cette incompréhension.

Qu'au moins Iseult est tranquille parce qu'elle ne sait pas que je la regarde.

Qu'on n'est jamais tranquille quand on sait qu'on nous regarde.

Qu'il lui passe en ce moment dans les veines une nourriture sous forme de liquide transparent lui apportant tout le nécessaire pour vivre et rien de superflu.

Que le superflu est ce qui nous tue, à la longue.

Qu'elle est très sage posée sur ce lit comme une princesse de conte, très sage et très silencieuse, très sage malgré son jeune âge et son inexpérience totale du monde.

Que si je l'embrasse elle se réveillera.

Que si je l'embrasse elle ne se réveillera pas.

Que si je l'embrasse je me réveillerai peut-être.

Et alors je partirai quelque part toute seule, ou avec Annabelle si elle veut, un baluchon sur l'épaule et des souvenirs de prison plein la tête ; pauvre, pauvre évadée d'une abbaye de pierres friables. Je me ferai pleurer comme si j'étais à plaindre ; je prétendrai avoir été très malheureuse. Je me plaindrai jusqu'à ce que je trouve la grande porte verte qui me fera passer du lycée à la rue, et de l'image au réel ; et ensuite je fabriquerai quelque chose de plus vrai, de plus beau, de plus logique, dans ce grand monde de macadam.

Collection dirigée par Tibo Bérard

© Éditions Sarbacane, 2014

Achevé d'imprimer en décembre 2013
sur les presses de l'imprimerie Pulsio.net
N° d'édition : 0069
Dépôt légal : 1er trimestre 2014
ISBN : 978-2-84865-660-1

Imprimé en Bulgarie